Pedro Antonio de Alarcón

Cuentos amatorios

Barcelona **2024**
Linkgua-ediciones.com

Créditos

Título original: Cuentos amatorios.

© 2024, Red ediciones S.L.

e-mail: info@linkgua.com

Diseño de cubierta: Michel Mallard.

ISBN tapa dura: 978-84-1126-347-4.
ISBN rústica tipográfica: 978-84-933439-1-0.
ISBN ebook: 978-84-9816-951-5.

Sumario

Brevísima presentación

La vida

Pedro Antonio de Alarcón (Guadix, Granada, 1833-Madrid, 1891). España.

Hizo periodismo y literatura. Su actividad antimonárquica lo llevó a participar en el grupo revolucionario granadino «la cuerda floja».

Intervino en un levantamiento liberal en Vicálvaro, en 1854, y —además de distribuir armas entre la población y ocupar el Ayuntamiento y la Capitanía general— fundó el periódico *La Redención*, con una actitud hostil al clero y al ejército. Tras el fracaso del levantamiento, se fue a Madrid y dirigió *El Látigo*, periódico de carácter satírico que se distinguió por sus ataques a la reina Isabel II.

Sus convicciones republicanas lo implicaron en un duelo que trastornó su vida, desde entonces adoptó posiciones conservadoras.

Erotismo «elegante»

Alarcón afirma en el prefacio a su libro que aquí el lector no encontrará nada «al modo de ciertos libros de la literatura francesa contemporánea» y parece referirse a las novelas pornográficas de la época, una página después añade que sus relatos tienen una «condición interna muy recomendable» y se intuye que pretende hablar de escenas amatorias sin ser descarnado. Queda la sospecha de que el prefacio de Alarcón esté lleno de ironía, sin embargo, basta citar un pasaje de estos relatos para percibir la clásica y profunda tensión interna de la literatura «católica» entre las buenas maneras y el erotismo más desenfrenado:

> —¡Sí, señora! ¡Quiero ver desnuda a mi tía! —repitió el niño, encarándose con la anciana.
>
> —¡Insolente! —gritó ésta, levantando la mano sobre su nieto.
>
> Ante aquel ademán, el niño se puso encarnado como la grana, y, pateando de furor, en actitud de arremeter contra la condesa, exclamó nuevamente con sordo acento:
>
> —¡He dicho que quiero ver desnuda a mi tía! ¡Pégame, si eres capaz!

La comendadora se levantó con aire desdeñoso, y se dirigió hacia la puerta, sin hacer caso alguno del niño.

Carlos dio un salto, se interpuso en su camino, y repitió su tremenda frase con voz y gesto de verdadera locura.

Sor Isabel continuó marchando.

El niño forcejeó por detenerla, no pudo lograrlo, y cayó al suelo, presa de violentísima convulsión.

La abuela dio un grito de muerte, que hizo volver la cabeza a la religiosa.

Ésta se detuvo espantada, al ver a su sobrino en tierra, con los ojos en blanco, echando espumarajos por la boca y tartamudeando ferozmente:

—¡Ver desnuda a mi tía!...

—¡Satanás!... —balbuceó la comendadora, mirando de hito en hito a su madre.

El niño se revolcó en el suelo como una serpiente, púsose morado, volvió a llamar a su tía, y luego quedó inmóvil, agarrotado, sin respiración.

Este libro interesa además por su diversidad de estilo, y otros cuentos destacan por la precisión de la trama, concebida por Alarcón como un minucioso mecanismo de relojería.

Señores don Mariano Catalina y don Nazario de Calonje

Dedico a ustedes el primer tomo de esta colección de mis Obras. en señal de agradecimiento al estímulo y ayuda que me han prestado para ordenarlas y publicarlas tan cuidadosa y elegantemente, con su papel de color de garbanzo, con sus portadas a dos tintas, con tanta linda cabeza y letra de adorno, con mi retrato artísticamente grabado por el insgne Maura, y hasta con mi endiablada Biografía, que por cierto ha redactado uno de ustedes desde puntos de vista tan cariñosos y benévolos, que voy a ponerme colorado cada vez que tenga que regalar a alguien un ejemplar del presente volumen...

En cuanto al texto de la obra, única parte de mi responsabilidad exclusiva, mucho siento que no sea cosa más seria y de mayor sustancia, como sin duda hubiera convenido, tratándose de obsequiar a personas de tan graves ideas y sentimientos... Aunque, en esto de la sustancia, he de permitirme rogar a ustedes y a sus más escrupulosos amigos y amgas, que paren mientes en una condición interna y muy recomendable de los cuentecillos adjuntos, condición por la cual estoy casi orgulloso de haberlos escrito, no obstante su ningún mérito literario.

Me explicaré en pocas palabras.

Cuentos amatorios se titula esta serie de novelillas, y amatoria es, efectivamente, hasta rayar en alegre y aun en picante, la forma exterior o vestidura de casi todas ellas. Pero, en buena hora lo diga, ni por la forma, ni por la esencia, son amatorios al modo de ciertos libros de la literatura francesa contemporánea, en que el amor sensual se sobrepone a toda ley divina y humana, secando las fuentes de las verdaderas virtudes, talando el imperio del alma, arrancando de ella las raíces de la fe y de la esperanza, y destruyendo los respetos innatos que sirven de base a la familia y a la sociedad.

Mis cuentos son amatorios a la antigua española, a la buena de Dios, por humorada y capricho, como tantas y tantas novelas, comedias y poesías de nuestros antiguos y célebres escritores, en que, sin odio ni ataque deliberado a los buenos principios, ni aflicción ni bochorno del género humano, se describían festivamente, y en son de picaresca burla, excesos y ridiculeces de estrambóticos amadores y equívocas princesas, de paganos y busconas, de rufianes y celestinas, con los chascos, zumbas y epigramas que requería cada lance; todo ello teñido de un verdor primaveral y gozoso, que más inducía a risa que a pecado.

Nadie podrá desconocer que, en este punto, mis Cuentos amatorios no solo no traspasan nunca los límites en que supieron contenerse Cervantes, Quevedo y Tirso, sino que rara vez llegan a sus inmediaciones. Por lo que respecta al fondo, creo haber sido más consecuente con la moral que ningún narrador de historias de este linaje, supliendo así con buenas doctrinas el mérito artístico y literario que faltaba a mis obras. Siempre me he complacido en deducir útiles enseñanzas y provechosas consecuencias de mis narraciones más libres de dibujo y más subidas de color, como se ve en «El coro de ángeles», en La última calaverada y en La belleza ideal, escritas, dos de ellas, a la edad de veinte años, lo cual demuestra en definitiva que la tesis de mi Discurso académico sobre la moral en el arte, no ha sido, como afirmaron algunos críticos, flamante convicción de mi edad madura, sino regla constante de toda mi vida literaria.

Conque ya saben ustedes cuál es la «condición interna muy recomendable» de mis Cuentos amatorios, así como la razón que ha tenido para no vacilar en dedicárselos a ustedes, tan mirados y puntillosos en ciertas materias, su afectísimo amigo y camarada,

El autor

Madrid, 1.º de mayo de 1881

SINFONÍA

Conjugación del verbo «amar»

Coro de adolescentes: Yo amo, tú amas, aquél ama; nosotros amamos, vosotros amáis; ¡todos aman!

Coro de niñas (A media voz): Yo amaré, tú amarás, aquélla amará; ¡nosotras amaremos! ¡Vosotras amaréis! ¡Todas amarán!

Una fea y una monja (A dúo): ¡Nosotras hubiéramos, habríamos y hubiésemos amado!

Una coqueta: ¡Ama tú! ¡Ame usted! ¡Amen ustedes!

Un romántico (Desaliñándose el cabello): ¡Yo amaba!

Un anciano (Indiferentemente): Yo amé.

Una bailarina (Trenzando delante de un banquero): Yo amara, ama¬ía... y amase.

Dos esposos (En la menguante de la Luna de miel): Nosotros habíamos amado.

Una mujer hermosísima (Al tiempo de morir): ¿Habré yo amado?

Un pollo: Es imposible que yo ame, aunque me amen.

El mismo pollo (De rodillas ante una titiritera): ¡Mujer amada, sea usted amable, y permítame ser su amante!

Un necio: ¡Yo soy amado!

Un rico: ¡Yo seré amado!

Un pobre: ¡Yo sería amado!

Un solterón (Al hacer testamento): ¿Habré yo sido amado?

Una lectora de novelas: ¡Si yo fuese amada de este modo!

Una pecadora (En el hospital): ¡Yo hubiera sido amada!

El autor (Pensativo): ¡Amar! ¡Ser amado!

LA COMENDADORA. HISTORIA DE UNA MUJER QUE NO TUVO AMORES

I

Hará cosa de un siglo que cierta mañana de marzo, a eso de las once, el Sol, tan alegre y amoroso en aquel tiempo como hoy que principia la primavera de 1868, y como lo verán nuestros biznietos dentro de otro siglo (si para entonces no se ha acabado el mundo), entraba por los balcones de la sala principal de una gran casa solariega, sita en la Carrera de Darro, de Granada, bañando de esplendorosa luz y grato calor aquel vasto y señorial aposento, animando las ascéticas pinturas que cubrían sus paredes, rejuveneciendo antiguos muebles y descoloridos tapices, y haciendo las veces del ya suprimido brasero para tres personas, a la sazón vivas o importantes, de quienes apenas queda hoy rastro ni memoria...

Sentada cerca de un balcón estaba una venerable anciana, cuyo noble y enérgico rostro, que habría sido muy bello, reflejaba la más austera virtud y un orgullo desmesurado. Seguramente aquella boca no había sonreído nunca, y los duros pliegues de sus labios provenían del hábito de mandar. Su ya trémula cabeza solo podía haberse inclinado ante los altares. Sus ojos parecían armados del rayo de la Excomunión. A poco que se contemplara a aquella mujer, conocíase que, dondequiera que ella imperase, no habría más arbitrio que matarla u obedecerla. Y, sin embargo, su gesto no expresaba crueldad ni mala intención, sino estrechez de principios y una intolerancia de conducta incapaz de transigir en nada ni por nadie.

Esta señora vestía saya y jubón de alepín negro de la reina, y cubría la escasez de sus canas con una toquilla de amarillentos encajes flamencos.

Sobre la falda tenía abierto un libro de oraciones; pero sus ojos habían dejado de leer, para fijarse en un niño de seis a siete años, que jugaba y hablaba solo, revolcándose sobre la alfombra de uno de los cuadrilongos de luz de Sol que proyectaban los balcones en el suelo de la anchurosa estancia.

Este niño era endeble, pálido, rubio y enfermizo, como los hijos de Felipe IV pintados por Velázquez. En su abultada cabeza se marcaban con vigor la red de sus cárdenas venas, y unos grandes ojos azules, muy protuberantes. Como todos los raquíticos, aquel muchacho reveaba extraordinaria viveza de imaginación y cierta iracundia provocativa, siempre en acecho de contradicciones que arrostrar.

Vestía como un hombrecito, medias de seda negra, zapato con hebilla, calzón de raso azul, chupa de lo mismo, muy bordada de otros colores, y luenga casaca de terciopelo negro.

A la sazón se divertía en arrancar las hojas a un hermoso libro de heráldica y en hacerlas menudos pedazos con sus descarnados dedos, acompañando la operación de una charla incoherente, agria, insoportable, cuyo espíritu dominante era decir:

—Mañana voy a hacer esto. Hoy no voy a hacer lo otro. Yo quiero tal cosa. Yo no quiero tal otra… —como si su objeto fuese desafiar la intolerancia y las censuras de la terrible anciana.

¡También infundía terror el pobre niño!

Finalmente, en un ángulo del salón (desde donde podía ver el cielo, las copas de algunos árboles y los rojizos torreones de la Alambra, pero donde no podía ser vista sino por las aves que revoloteaban sobre el cauce del río Darro) estaba sentada en un sitial, inmóvil, con la mirada perdida en el infinito azul de la atmósfera y pasando lentamente con los dedos las cuentas de ámbar de larguísimo rosario, una monja, o, por mejor decir, una comendadora de Santiago, como de treinta años de edad, vestida con las ropas un poco seglares que estas señoras suelen usar en sus celdas.

Consiste entonces su traje en zapatos abotinados de cordobán negro, basquiña y jubón de anascote, negros también, y un gran pañuelo blanco, de hilo, sujeto con alfileres sobre los hombros, no en forma triangular como en el siglo, sino reuniendo por delante los dos picos de un mismo lado y dejando colgar los otros dos por la espalda.

Quedaba, pues, descubierta la parte anterior del jubón de la religiosa, sobre cuyo lado izquierdo campeaba la cruz roja del Santo Apóstol. No llevaba el manto blanco ni la toca, y gracias a esto último, lucía su negro y abundantísimo pelo, peinado todo hacia arriba y reunido atrás en aquella especie de lazo que las campesinas andaluzas llaman castaña.

No obstante las desventajas de tal vestimenta, aquella mujer resultaba todavía hermosísima; o, por mejor decir, su propia belleza tenía mucho que agradecer a semejante desaliño, que dejaba campear más libremente sus naturales gracias.

La comendadora era alta, recia, esbelta y armónica, como aquella nobilísima cariátide que se admira a la entrada de las galerías de escultura del Vaticano. El ropaje de lana, pegado a su cuerpo, revelaba, más que cubría, la traza clásica y el correcto primor de sus espléndidas proporciones.

Sus manos, de blancura mate, afiladas, hoyosas, transparentes, se destacaban de un modo hechicero sobre la basquiña negra, recordando aquellas manos de mármol antiguo, labradas por el cincel griego, que se han encontrado en Pompeya antes o después que las estatuas a que pertenecían.

Para completar esta soberana figura, imaginaos un rostro moreno, algo descarnado (o más bien afinado por el buril del sentimiento), de forma oval como el de la Magdalena de Ticiano, y bañado de una palidez profunda, que casi amarilleaba y que hacían mucho más interesante (pues alejaban toda idea de insensibilidad) dos ojeras hondas, lívidas, llenas de misteriosas tristezas, especie de crepúsculo de los enlutados soles de sus ojos.

Aquellos ojos, casi siempre clavados en tierra, solo se alzaban para mirar al cielo, como si no osaran fijarse en las cosas del mundo. Cuando los bajaba, parecía que sus luengas pestañas eran las sombras de la noche eterna, cayendo sobre una vida malograda y sin objeto: cuando los alzaba podía creerse que el corazón se escapaba por ellos en una luminosa nube, para ir a fundirse en el seno del Criador; pero si por casualidad se posaban en cualquiera criatura o cosa terrestre, entonces aquellos negrísimos ojos ardían, temblando y vagando despavoridos, cual si los inflamase la calentura o fueran a inundarse de llanto.

Imaginaos también una frente despejada y altiva, unas espesas cejas de sobrio y valiente rasgo, la más correcta y artística nariz y una boca divina, cariñosa, incitante, y formaréis idea de aquella encantadora mujer, que reunía a un mismo tiempo todos los hechizos de la belleza gentil y toda la mística hermosura de las heroínas cristianas.

II

¿Qué familia era ésta que acabamos de resucitar a la luz de aquel Sol que se puso hace cien años?

Digámoslo rápidamente.

La señora mayor era la condesa viuda de Santos, la cual, en su matrimonio con el séptimo conde de este título, tuvo dos hijos (un varón y una hembra) que se quedaron huérfanos de padre en muy temprana edad...

Pero tomemos la cosa de más lejos.

La casa de Santos había alcanzado gran riqueza y poderío en vida del suegro de la condesa; mas como aquel señor solo tuvo un hijo, y no existían ramas colaterales, comenzó a temer que pudiera extinguirse su raza, y dispuso en su testamento (al fundar nuevos vínculos con las mercedes que obtuvo de Felipe V durante la guerra de Sucesión):

—Si mi heredero llegare a tener más de un hijo, dividirá el caudal entre los dos mayores, a fin de que mi nombre se propague dignamente en dos ramas con la sangre de mis venas.

Ahora bien: aquella cláusula hubiera tenido que cumplirse en sus nietos, o sea, en los dos hijos de la severa anciana, que acabamos de conocer... Pero fue el caso que ésta, creyendo que el lustre de un apellido se conservaba mucho mejor en una sola y potente rama que en dos vástagos desmedrados, dispuso por sí y ante sí, a fin de conciliar sus ideas con la voluntad del fundador, que su hija renunciase, ya que no a la vida, a todos los bienes de la Tierra, tomando el hábito de religiosa, por cuyo medio la casa entera de Santos quedaría siendo exclusivo patrimonio de su otro hijo, quien por haber nacido primero y ser varón, constituía el orgullo y la delicia de su aristocrática madre.

Fue, pues, encerrada en el convento de comendadoras de Santiago, cuando apenas tenía ocho años de edad, su infortunada hija, la segundona del conde de Santos, llamada entonces doña Isabel, para que se aclimatase desde luego en la vida monacal, que era su infalible destino.

17

Allí creció aquella niña, sin respirar más aire que el del claustro, ni ser consultada jamás acerca de sus ideas, hasta que, llegada a la estación de la vida en que todos los seres racionales trazan sobre el campo de la fantasía la senda de su porvenir, tomó el velo de esposa de Jesucristo con la fría mansedumbre de quien no imagina siquiera el derecho ni la posibilidad de intervenir en sus propias acciones. Decimos más: como doña Isabel no podía comprender en aquel tiempo toda la significación de los votos que acababa de pronunciar (tan ignorante estaba todavía de lo que es el mundo y de lo que encierra el corazón humano), y en cambio podía discernir perfectamente (pues también ella pecaba de linajuda) las grandes ventajas que su profesión reportaría al esplendor de su nombre, resultó que se hizo monja con cierta ufanía, ya que no con franco y declarado regocijo.

Pero corrieron los años, y sor Isabel, que se había criado mustia y endeble, y que al tiempo de su profesión era, si no una niña, una mujer tardía o retrasada, desplegó de pronto la lujosa naturaleza y peregrina hermosura que ya hemos admirado, y cuyos hechizos no vallan nada en comparación de la espléndida primavera que floreció simultáneamente en su corazón y en su alma. Desde aquel día la joven comendadora fue el asombro y el ídolo de la comunidad y de cuantas personas entraban en aquel convento, cuya regla es muy lata, como la de todos los de su Orden. Quién comparaba a sor Isabel con Rebeca, quién con Sara, quién con Ruth, quién con Judith... El que afinaba el órgano la llamaba santa Cecilia; el despensero, santa Paula; el sacristán, santa Mónica; es decir, que le atribuían juntamente mucho parecido con santas solteras, viudas y casadas...

Sor Isabel registró más de una vez la Biblia y el Flos Sanctarum para leer la historia de aquellas heroínas, de aquellas reinas, de aquellas esposas, de aquellas madres de familia con quienes se veía comparada, y por resultas de tales estudios, el engreimiento, la ambición, la curiosidad de mayor vida germinaron en su imaginación con tanto ímpetu, que su director espiritual se vio precisado a decirle muy severamente que «el rumbo que tomaban sus ideas y sus afectos era el más a propósito para ir a parar en la condenación eterna».

La reacción que se operó en sor Isabel al escuchar estas palabras fue instantánea, absoluta, definitiva. Desde aquel día nadie vio en la joven más que una altiva rica hembra infatuada de su estirpe, y una virgen del Señor, devota, mística, fervorosa hasta el éxtasis y el delirio, la cual incurría en tales exageraciones de mortificación y entraba en escrúpulos tan sutiles, que la superiora y su propia madre tuvieron que amonestarla muchas veces, y aun el mismo confesor se veía obligado a tranquilizarla, además de no tener de qué absolverla.

¿Qué era, en tanto, del corazón y del alma de la comendadora, de aquel corazón y de aquella alma cuya súbita eflorescencia fue tan exuberante?

No se sabe a punto fijo.

Solo consta que, pasados cinco años (durante los cuales su hermano se casó, y tuvo un hijo, y enviudó), sor Isabel, más hermosa que nunca, pero lánguida como una azucena que se agosta, fue trasladada del convento a su casa, por consejo de los médicos y merced al gran valimiento de su madre, a fin de que respirase allí los salutíferos aires de la Carrera de Darro, único remedio que se encontró para la misteriosa dolencia que aniquilaba su vida. A esta dolencia le llamaron unos excesivo celo religioso, y otros melancolía negra: lo cierto es que no podían clasificarla entre las enfermedades físicas, sino por sus resultados, que eran una extrema languidez y una continua propensión al llanto.

La traslación a su casa le volvió la salud y las fuerzas, ya que no la alegría; pero como por entonces ocurriera la muerte de su hermano Alfonso, de quien solo quedó un niño de tres años, alcanzose que la comendadora continuase indefinidamente con su casa por clausura, a fin de que acompañara a su anciana madre y cuidase a su tierno sobrino, único y universal heredero del condado de Santos.

Con lo cual sabemos ya también quién era el rapazuelo que estaba rompiendo el libro de heráldica sobre la alfombra, y solo nos resta decir, aunque esto se adivinará fácilmente, que aquel niño era el alma, la vida, el amor y el orgullo, a la par que el feroz tirano de su abuela y de su tía, las cuales veían en él, no solo una persona determinada, sino la única esperanza de propagación de su estirpe.

III

Volvamos ahora a contemplar a nuestros tres personajes, ya que los conocemos interior y exteriormente.

El niño se levantó de pronto, tiró los restos del libro, y se marchó de la sala, cantando a voces, sin duda en busca de otro objeto que romper, y las dos señoras siguieron sentadas donde mismo las dejamos hace poco; solo que la anciana volvió a su interrumpida lectura, y la comendadora dejó de pasar las cuentas del rosario.

¿En qué pensaba la comendadora?

¡Quién sabe!...

La primavera había principiado...

Algunos canarios y ruiseñores, enjaulados y colgados a la parte afuera de los balcones de aquel aposento, mantenían no sé qué diálogos con los pajarillos de ambos sexos que moraban libres y dichosos en las arboledas de la Alambra, a los cuales referían tal vez aquellos míseros cautivos tristezas y aburrimientos propios de toda vida sin amor...

Las macetas de alelíes, mahonesas y jacintos que adornaban los balcones, empezaban a florecer, en señal de que la naturaleza volvía a sentirse madre...

El aire, embalsamado y tibio, parecía convidar a los enamorados de las ciudades con la afable soledad de las campiñas o con el dulce misterio de los bosques, donde podrían mirarse libremente y referirse sus más ocultos pensamientos...

Sonaban, por lo demás, en la calle los pasos de gentes que iban y venían a merced de los varios afanes de la existencia; gentes que siempre son consideradas venturosas y muy dignas de envidia por aquellos que las vislumbran desde la picota de sus propios dolores...

A veces se oía alguna copla de fandango, con que aludía a sus domingueras aventuras tal o cual fámula de la vecindad, o con que el aprendiz de próximo taller mataba el tiempo, mientras llegaba la infalible noche y con ella la concertada cita.

Percibíanse, además, en filosófico concierto, los perpetuos arrullos del agua del río, el confuso rumor de la capital, el compasado golpe de una péndola que en el salón había, y el remoto clamor de unas campanas que lo mismo podían estar tocando a fiesta que a entierro, a bautizo de recién nacido que a profesión de otra comendadora de Santiago...

Todo esto, y aquel Sol que volvía en busca de nuestra aterida zona, y aquel pedazo de firmamento azul en que se perdían la vista y el espíritu, y aquellas torres de la Alambra, llenas de románticos y voluptuosos recuerdos, y los árboles que florecían a su pie como cuando Granada era sarracena...; todo, todo debía de pesar de un modo horrible sobre el alma de aquella mujer de treinta años, cuya vida anterior había sido igual a su vida presente, y cuya existencia futura no podía ya ser más que una lenta y continua repetición de tan melancólicos instantes...

La vuelta del niño a la sala sacó a la comendadora de su abstracción, e hizo interrumpir otra vez a la condesa su lectura.

—¡Abuela! —gritó el rapaz con destemplado acento—. El italiano que está componiendo el escudo de piedra de la escalera acaba de decirle una cosa muy graciosa al viejo de Madrid que pinta los techos. ¡Yo la he oído, sin que ellos me vieran a mí, y, como yo entiendo ya el español chapurrado que habla el escultor con el pintor, me he enterado perfectamente! ¡Si supieras lo que le ha dicho!

—Carlos —respondió la anciana con la blandura equívoca de la cobardía—: os tengo recomendado que no os acerquéis nunca a esa clase de gentes. ¡Acordaos de que sois el conde de Santos!

—¡Pues quiero acercarme! —replicó el niño—. ¡A mí me gustan mucho los pintores y los escultores, y ahora mismo me voy otra vez con ellos!

—Carlos —murmuró dulcemente la comendadora—. Estáis hablando con la madre de vuestro padre. Respetadla como él la respetaba y yo la respeto...

El niño se echó a reír, y prosiguió:

—Pues verás, tía, lo que decía el escultor... ¡Porque era de ti de quien hablaba!...

—¿De mí?

—¡Callad, Carlos! —exclamó la anciana severamente.

El niño siguió en el mismo tono y con el mismo diabólico gesto

El escultor le decía al pintor:

—Compañero, ¡qué hermosa debe de estar desnuda la comendadora! ¡Será una estatua griega!

—¿Qué es una estatua griega, tía Isabel?

Sor Isabel se puso lívida, clavó los ojos en el suelo, y empezó a rezar.

La condesa se levantó, cogió al conde por un brazo, y le dijo con reprimida cólera:

—¡Los niños no oyen esas cosas ni las dicen! Ahora mismo se irá el escultor a la calle. En cuanto a vos, ya os dirá el padre capellán el pecado que habéis cometido, y os impondrá la debida penitencia...

—¿A mí? —dijo Carlos—. ¿El señor cura? ¡Soy yo más valiente que él, y lo echaré a la calle, mientras que el escultor se quedará en casa! ¡Tía! —continuó el niño, dirigiéndose a la comendadora—, yo quiero verte desnuda...

—¡Jesús! —gritó la abuela, tapándose el rostro con las manos.

Sor Isabel no pestañeó siquiera.

—¡Sí, señora! ¡Quiero ver desnuda a mi tía! —repitió el niño, encarándose con la anciana.

—¡Insolente! —gritó ésta, levantando la mano sobre su nieto.

Ante aquel ademán, el niño se puso encarnado como la grana, y, pateando de furor, en actitud de arremeter contra la condesa, exclamó nuevamente con sordo acento:

—¡He dicho que quiero ver desnuda a mi tía! ¡Pégame, si eres capaz!

La comendadora se levantó con aire desdeñoso, y se dirigió hacia la puerta, sin hacer caso alguno del niño.

Carlos dio un salto, se interpuso en su camino, y repitió su tremenda frase con voz y gesto de verdadera locura.

Sor Isabel continuó marchando.

El niño forcejeó por detenerla, no pudo lograrlo, y cayó al suelo, presa de violentísima convulsión.

La abuela dio un grito de muerte, que hizo volver la cabeza a la religiosa.

Ésta se detuvo espantada, al ver a su sobrino en tierra, con los ojos en blanco, echando espumarajos por la boca y tartamudeando ferozmente:

—¡Ver desnuda a mi tía!...

—¡Satanás!... —balbuceó la comendadora, mirando de hito en hito a su madre.

El niño se revolcó en el suelo como una serpiente, púsose morado, volvió a llamar a su tía, y luego quedó inmóvil, agarrotado, sin respiración.

—¡El heredero de los Santos se muere! —gritó la abuela con indescriptible terror—. ¡Agua! ¡Agua! ¡Un médico!

Los criados, acudieron, y trajeron agua y vinagre. La condesa roció la cara del niño con una y otra cosa; diole muchos besos; llamole ángel; lloró; rezó; hízole oler vinagre solo... Pero todo fue completamente inútil. El niño se estremecía a veces como los energúmenos, abría unos ojos extraviados y sin vista, que daban miedo, y volvía a quedarse inmóvil.

La comendadora seguía parada en medio de la estancia, en actitud de irse, pero con la cabeza vuelta atrás, mirando atentamente al hijo de su hermano.

Al fin pudo éste dejar escapar un soplo de aliento y algunas vagas palabras por entre sus dientes apretados y rechinantes...

Aquellas palabras fueron...

—Desnuda... mi tía...

La comendadora levantó las manos al cielo, y prosiguió su camino. La abuela, temiendo que los criados comprendiesen lo que decía el niño, gritó con imperio:

—¡Fuera todo el mundo! Vos, Isabel, quedaos.

Los criados obedecieron llenos de asombro.

La comendadora cayó de rodillas.

—¡Hijo mío!... ¡Carlos!... ¡Hermoso! —gimió la anciana, abrazando lo que parecía ya el cadáver de su nieto—. Llora... ¡llora!... ¡No te enfades!... Será lo que tú quieras!...

—¡Desnuda! —dijo Carlos en un ronquido semejante al estertor del que agoniza.

—¡Señora... —exclamó la abuela, mirando a su hija de un modo indefinible—, el heredero de los Santos se muere, y con él concluye nuestra casa!

La comendadora tembló de pies a cabeza. Tan aristócrata como su madre, y tan piadosa y casta como ella, comprendía toda la enormidad de la situación.

En esto, Carlos se recobró un poco, vio a las dos mujeres, trató de levantarse, dio un grito de furor, y volvió a caer con otro ataque aún más terrible que el primero.

—¡Ver desnuda a mi tía! —había rugido antes de perder nuevamente el movimiento.

Y quedó con los puños crispados en ademán amenazador.

La anciana se santiguó; cogió el libro de oraciones, y dirigiéndose hacia la puerta, dijo al paso a la comendadora, después de alzar una mano al cielo con dolorosa solemnidad:

—Señora ¡Dios lo quiere!

Y salió, cerrando la puerta detrás de sí.

IV

Media hora después, el conde de Santos entró en el cuarto de su abuela, hipando, riendo y comiéndose un dulce (que todavía mojaban algunas gotas del pasado llanto); y sin mirar a la anciana, pero dándole con el codo, dijole en son ronco y salvaje:

—¡Vaya si está gorda... mi tía!

La condesa, que rezaba arrodillada en un antiguo reclinatorio, dejó caer la frente sobre el libro de oraciones, y no contestó ni una palabra.

El niño se marchó en busca del escultor, y lo encontró rodeado de algunos Familiares del Santo Oficio, que le mostraban una orden para que los siguiese a las cárceles de la Inquisición, «como pagano y blasfemo, según denuncia hecha por la señora condesa de Santos».

Carlos, a pesar de toda su audacia, se sobrecogió a la vista de los esbirros del formidable Tribunal, y no dijo ni intentó cosa alguna.

V

Al oscurecer se dirigió la condesa al cuarto de su hija, antes de que encendiesen luces, pues no quería verla, aunque deseaba consolarla, y se encontró con la siguiente carta, que le entregó la camarera de sor Isabel.

Mi muy amada madre y señora:

Perdonadme el primer paso que doy en mi vida sin tomar antes vuestra venia; pero el corazón me dice que no lo desaprobaréis.

Regreso al convento, de donde nunca debí salir, y de donde no volveré a salir jamás. Me voy sin despedirme de vos, por ahorraros nuevos sufrimientos.

Dios os tenga en su santa guarda y sea misericordioso con vuestra amantísima hija

Sor Isabel de los Ángeles.

No había acabado la anciana de leer aquellos tristísimos renglones, cuando oyó rodar un carruaje en el patio de la casa y alejarse luego hacia la Plaza Nueva...

Era la carroza en que se marchaba la comendadora.

VI

Cuatro años después, las campanas del Convento de Santiago doblaron por el alma de sor Isabel de los Ángeles, mientras que su cuerpo era restituido a la madre tierra.

La condesa murió también al poco tiempo. El conde Carlos pereció sin descendencia, al cabo de quince o veinte años, en la conquista de Menorca, extinguiéndose con él la noble estirpe de los condes de Santos.

Granada, 1868

EL CORO DE ÁNGELES

I. Un alma a la moda

Eran las siete menos cuarto de una mañana de diciembre, y aún no habían llegado al horizonte de Madrid ni tan siquiera noticias de un Sol que debió ponerse la tarde antes a las cuatro y media, pero del cual, hacía ya algunas semanas, solo se sabía en la corte por escrito, o sea, por el almanaque, puesto que las nubes de un obstinado temporal no permitían verlo cara a cara y en persona.

A eso de las siete y cinco minutos recibiose al fin un parte telegráfico, mojado por la lluvia e interrumpido por la niebla, que venía a decir algo parecido a lo siguiente:

Palacio de la Aurora. Distrito de Madrid. Dios a los hombres:
Señores: Acaba de amanecer un día más. El de ayer queda archivado por el padre Petavio en la página 347 del legajo 5940 de los tiempos. Estamos a 13, santa Lucía. Hace un frío de todos los demonios. Dejen ustedes la cama. Cada uno a su trabajo, y cuenten ustedes conmigo. Muy buenos días.

Excusado, es decir, que este parte telegráfico cundió con la velocidad del rayo por los cuatro ángulos de la población.

Y, en efecto, pocos momentos después conociose que el Sol debía de andar por el cielo, y dio principio en las calles y en las casas una de esas mañanas frías, infalibles, indiferentes a nuestros pesares, que llegan sin que nadie las llame, quizás contra los deseos de alguno, a finalizar una noche de amor o de escándalo, o a poner término a triste vigilia pasada a la cabecera de un moribundo. Mañanas súbitas, inesperadas, alevosas, ni profetizadas por el lucero del alba, ni coronadas por el rocío, ni arreboladas por nubecillas crepusculares, y que, de consiguiente, no hacen madrugar a las flores ni a las niñas de trece años, ni obtienen saludos de las codornices enjauladas en los balcones, ni son desperezadas por el viento perfumado de las selvas. Mañanas, en fin, que se parecen al Diario de Avisos en que se meten en vuestra casa, por debajo de la puerta, todos los días, irremisiblemente, diciéndoos:

«El mes adelanta, y vuestros acreedores lo cuentan con los dedos...»

Lo cual os hace saltar de la cama, lamentando tener tan buena salud, o deseando ardientemente ser empleado del gobierno, o pidiendo a Dios que resulten ciertos los pronósticos de que se aproxima el fin del mundo.

Decíamos que dio principio una de esas mañanas.

En aquel momento apareció en la puerta de cierta magnífica casa de la calle del Barquillo un gallardo y elegante joven de veintidós a veintitrés años, el cual miró a la calle, como si temiera ser visto por los transeúntes, y se deslizó después, pegadito a la acera, como si tampoco le acomodara ser divisado desde los balcones de la casa que acababa de abandonar.

Todas estas precauciones eran necesarias, puesto que su traje, nada propio de la hora ni del estado del cielo y de la Tierra, daba a entender al menos malicioso que el tal madrugador no vivía allí, y que, sin embargo, allí había pasado la noche...

Nos explicaremos. Acabamos de decir que estaba amaneciendo y que llovía, pues bien; Alejandro (que así se llamaba nuestro joven) iba vestido de baile, a juzgar por su zapato de charol, su corbata blanca, su gibus y su pantalón de finísimo paño negro. El frac no se veía, gracias a un misericordioso paletot; pero se adivinaba fácilmente. Era indudable que la noche anterior había habido baile en aquella casa, y era indudable también que el baile se acabó hacía ya algunas horas, a juzgar por el orden y reposo que reinaban en el edificio, y dado asimismo que en la calle no había ningún coche particular ni de alquiler...

Hecho, pues, una sopa (y sin que le importase mucho, según la lentitud con que marchaba), el apuesto joven salió a la calle de Alcalá, subiola perezosamente, y penetró en el café Suizo, cuyas puertas se abrían al público en aquel instante.

El joven estaba pálido y melancólico. De vez en cuando dilataba sus fatigados ojos, como para abarcar de una mirada todos los recuerdos de aquella noche. También hubiérase dicho que le hablaban al oído, al verlo sonreír súbitamente y mover los labios como si contestase al eco de alguna voz. Notábase, en fin, la «presencia» de una mujer en el espíritu y hasta en el cuerpo de Alejandro.

A esa hora, cuando no se ha dormido, todo nuestro ser está dominado por las circunstancias del insomnio. El que ha pasado la noche en diligencia, cree que viaja todavía. El que en un baile, oye la música en su cerebro, y ve las parejas y las luces, y siente los pisotones y los codazos. El que ha estado solo, durante cuatro horas de misterio, en el gabinete de una gran mujer, siéntese penetrado de su alma, de su vida, de su voz, de su aroma, de su fuego... Y es de ver con qué aire de sonambulismo andan por las calles estos últimos trasnochadores, con qué desdén miran a cuantos se encuentran, cómo desafían las artes de todas las coquetas habidas y por haber...

Tal era la actitud de Alejandro, con la sola diferencia de que su rostro expresaba, más que amor, asomos de melancolía, o quizás un principio de disgusto; algo, en fin, que había sobrenadado aquella noche en el revuelto mar de ajenas y propias complacencias.

Un mozo del café, que limpiaba los espejos, llegose a él entonces y lo arrancó de sus fantasmagorías eróticas, diciéndole maquinalmente:

—¿Qué va a ser?

Alejandro pidió chocolate. Se lo sirvieron, y lo tomó con visible apetito.

Desde aquel momento comenzó a desvanecerse la sombra de la «gran mujer». La boca del joven sabía ya a chocolate, que no a regalados besos, y un cigarro de la Vuelta de Abajo se encargó de disipar en su nariz la última ráfaga del aroma querido...

Bostezó, pues, nuestro desdeñoso Adonis con creciente mal humor, y salió del café rápidamente, conociendo sin duda que había perdido la noche, que tenía mucho sueño, y que, por tanto, perdería también el día.

Seguía lloviendo, cada vez con más fuerza; por lo que se detuvo, y pensó mandar a la Puerta del Sol en busca de un coche de alquiler que le condujese a su casa, calle de Isabel la Católica; pero arrepintiose luego, y, sin reparar en la lluvia, dirigiose a pie a la calle del Príncipe, en medio de la cual se paró delante de una casa, no muy grande, bien que de graciosa y elegante apariencia.

La puerta estaba cerrada todavía, así como todos los balcones. El joven fijó sus ojos en una de las rejas del entresuelo, y permaneció más de media hora inmóvil como una estatua.

Lo que allí pensó fue menos malo que lo que pensó en el café Suizo. Refiramos, pues, sus pensamientos.

—Esa es la reja de su gabinete —se dijo Alejandro—. Enfrente está la puerta de su alcoba. Allí duerme en este instante la niña de diecisiete años. Ha pasado la noche en un solo sueño, mecida por su inocencia. ¿En qué ha pensado? ¿Qué ha soñado? ¿Se ha acordado de mí? Anoche, en el baile, cuando vio que me quedaba, a pesar de que se marchaban mis amigos, sonrió con ironía, como echándome en cara mis relaciones con la baronesa. ¿Eran celos? ¿Era odio? ¿Era amor? ¿Era desprecio? Yo no sé... ¡Y este es mi mayor martirio! ¡Solo sé que soy un miserable! ¡Oh, niña sin corazón! ¡Orgullosa hermosura! Si es verdad que me amas, ¿por qué no me lo dices cuando te lo pregunto? Y si no me amas, ¿por qué me miras, por qué me enloqueces, por qué me quitas el sueño? ¡Oh, tesoro de perfecciones, escondido a todas las miradas, en la soledad de un lecho virginal! Saber que estás a diez pasos de mí ahí enfrente detrás de esos cristales, indiferente a la pasión, avara de tus hechizos, sorda a la voz de tu juventud, superior a la naturaleza que te ha engendrado; adivinarte en tu indiferente reposo, dormida sobre la palma de la mano derecha, con el brazo izquierdo cruzado sobre el seno, con el lujoso cabello recogido en un ancho bucle, como yo sé que tú duermes, como una vez te he visto dormir; imaginarme el leve ruido de tu respiración, tu vago contorno en la colcha que te cubre, el olvido de ti misma en que te hallas; todo esto me hace aborrecer las caricias de la baronesa, rejuvenece mi corazón marchito, y me infunde ideas y deseos de una felicidad tan absoluta, que fueran cortas mil existencias para gozarla. ¡Y tú nada sientes, nada deseas, nada sabes! ¡Tú te casarás estúpidamente con otro, y yo no tendré los cuidados de tu vida, ni tú mi confianza, ni yo tus secretos, ni caminaremos juntos por el mundo, ni llevarás mi nombre, ni me llamarás tuyo, ni me pedirás dinero, ni tus hijos serán míos, ni te pondrás luto cuando me muera! ¡Ah, Elisa! ¿Qué haré yo para olvidarte?

Por aquí iba Alejandro en sus cavilaciones, cuando se abrió la puerta de la casa de Elisa, dando paso a una criada que salía y al aguador que entraba.

Nuestro joven giró sobre los tacones y emprendió el camino de su casa.

Al pasar por las Cuatro Calles, fijaban los carteles de los teatros, y leyó en uno de ellos:

Teatro Real. Saffo.

—¡Me alegro! —pensó, olvidándose de Elisa—. ¡Es función par! Les toca a las del embajador de Tres Estrellas y llevarán a Mariana.

Aquí miró el reloj. Eran las ocho.

Tomó un coche, y se dirigió a su casa.

En ella le aguardaba un billete muy perfumado que acababan de llevar...

Era de la baronesa.

—¿Qué habrá ocurrido? —pensó Alejandro con cierta alarma—. Hace una hora que nos separamos...

Decía el billete:

«Antes de acostarme necesito repetirte mil veces que...»

—¡Adelante! —exclamó el joven, volviendo la hoja.

«Esta noche voy al teatro del Príncipe. Federico tiene junta, y no me acompaña. ¡Que no dejes de ir, y a sitio donde yo te esté viendo toda la noche! Después tomaremos el té juntos en casa...»

—¡Pues es una friolera! —murmuró Alejandro, arrojando la carta y empezando a desnudarse—. Oye, Bautista —dijo luego a un criado—. Esta tarde a las tres vas a casa de la señora baronesa, y le notificas que estoy malo; y si viene a verme esta noche (que vendrá) dile, a fin de que no entre, que mi tío está conmigo. Ahora manda por una butaca al Teatro Real. Cierra el balcón. Que no me despierten. ¡Ah! Si viene mi tío, dile que estoy en Aranjuez. A las dos me entras el almuerzo, y luego me llamas a las seis. No como en casa. Buenas noches.

Dijo, y se durmió, aborreciendo a la baronesa, balbuceando el nombre de Elisa, y deseando soñar con Mariana.

No acabaré, empero, este primer capítulo sin advertir a mis lectores que ninguna de estas tres mujeres es la heroína de la presente historia.

II. Complot

Terminaba el primer acto de Saffo.

Era la noche de santa Lucía de 1852.

La Novello estaba sublime.

Alejandro se hallaba en un palco de platea con sus amigos Luis y Cipriano, partidarios acérrimos de la D'Angri, que cantaba la parte de Faon.

—¡Quién fuera amado de esa manera! —exclamó Alejandro durante aquella magnífica escena en que la poetisa derriba el ídolo.

—¡Ya no se ama con tanto empuje! —dijo Cipriano.

—¡Saffo es un mito! —repuso el primero, recostándose en un sillón—: ¡Amar hasta el suicidio! ¡Eso es imposible!

—¡Eso solo lo hace una poetisa!

—¡Oh! ¡Ser amado de ese modo! —continuó Alejandro—. ¡Ser adorado, idolatrado, canonizado, divinizado! ¡Eso fuera el cielo! Nuestras mujeres de hoy no aman: a mí no me han amado nunca. ¡No bien he faltado en algo a una mujer, cuando ya me ha sustituido con otro amante!... Por consiguiente, todas se amaban a sí mismas, en lugar de amarme a mí...

—Permíteme que te interrumpa... —exclamó Luis, que hasta entonces había callado—. ¿Te ha amado alguna mujer de cierta edad?

—Ya sabes... —dijo Alejandro con cierto rubor.

—Bien: la baronesa del Cedro: treinta y cinco años...; tipo fané... La acepto. ¿Y no has encontrado en ella ese amor rabioso, encarnizado, indestructible, que deseas?

—¡Qué disparate! En esa menos que en ninguna. ¡Y cuidado, que se muere por mí! Pero las mujeres de cierta edad..., no lo dudéis no aman tanto como parece. El último amor de las mujeres, su «verano de San Martín», es un egoísmo, de su vanidad o de su temperamento, que no puede halagar a ningún hombre bien organizado. Notad, por de pronto, que en esos amores vespertinos siempre figura, un pollo, un adolescente, un colegial. ¿Qué significa esto, sino que lo que ellas aman es el amor que se va, la belleza que se extingue, la juventud que desaparece? ¡Pero todo a costa del infeliz catecúmeno! ¡Ah!... no: ¡yo quiero una mujer que me dé su alma para pasto de mi vida; no un vampiro que chupe la sangre de mi corazón! Antes que amar, quiero ser amado. Quiero, en fin, ser lo que Faon para la poetisa de Lesbos, lo que Felipe el Hermoso para doña Juana la Loca, lo que Endymion fue para la Luna.

—¡Vamos! Ya sé lo que necesitas —dijo Luis—. Consuélate, mi buen Alejandro. Una mujer como la que buscas no es difícil de encontrar. ¡Casualmente, o, por mejor decir, desgraciadamente, es el género que más abunda! Ni una idólatra de la materia como doña Juana, ni una poetisa sin suscritores como Saffo, ni una virgen clorótica como la Luna, puede ofrecerte el tesoro de amor que encontrarás en una fea.

—¡En una fea!

—¡Sí! ¡Adoración, sacrificios, holocaustos, rabiosos celos, hambres infinitas, apoteosis, canonizaciones y saltos de Leucades, todo, todo te lo ofrece la hijastra de la naturaleza! Figúrate lo que sería el mar, recibiendo todos los ríos de la Tierra, si no emplease su caudal en alimentar las nubes.

—¡Oh! ¡Qué plétora de agua! —dijo Cipriano.

—¡Un océano pletórico! Eso es una fea. Ámala y verás. ¡Tendrás amor de sobra, amor de todas clases, amor a toda prueba! Añade a estas ventajas la de que nadie te disputará su corazón; la de que, muerto tú, no se casará en segundas nupcias, y la de que, por el contrario, se comerá tus huesos, cómo Artemisa los de su marido...

—¡Basta! ¡Basta! —gritó Alejandro, riéndose a más no poder—. ¡Estoy convencido! Mañana emprendo la conquista de... de...

—¡Procura que sea bastante fea!

—De... de Casimira Fernández.

—¿Cómo? ¿De la prima de Matilde?

—¿De la que la acompaña a todas partes?

—¡Precisamente!

—¡Jesús! ¡Esa es demasiado!

—Y demasiado recelosa...

—Y demasiado discreta...

—¡Nada! Lo he dicho.

—Pues no sabes lo que has dicho —repuso Luis—. Casimira es inexpugnable.

—¿Cómo?

—Lo que estás oyendo.

—¡Hombre! Siendo tan fea...

—¡Pues por eso mismo! ¿Cuál crees tú que es la mujer más difícil de la Tierra?

—¿Cuál ha de ser? ¡Elisa! —suspiró Alejandro melancólicamente.

—¿Quién? ¿La de la calle del Príncipe? ¡Qué disparate! Ninguna mujer hermosa es inexpugnable. ¡Cuanto más bella, más cree en la verdad del sentimiento que la persigue; y la fe, como es ciega, suele tropezar y romperse la crisma! No, Alejandro: el Sebastopol de las mujeres no es, como se ha creído hasta aquí, una de esas reinas de la hermosura, a cuyo corazón no llega ni el grito de muerte de sus víctimas. La verdadera mujer inconquistable es aquella que nació y se crió fea; que sabe que lo es y vive encastillada en su propia desesperación; que tiene el bastante talento para comprender que no puede inspirar deseos, y la bastante dignidad para no mentirse a sí misma fingiendo creer la mentira ajena; que ansía el verdadero amor, y ya que no sacerdotisa, aspira a ser mártir de ese sentimiento; que poseedora, en fin, de un rico diamante envuelto en áspera corteza, prefiere encerrarlo consigo en la tumba a verlo brillar en el pecho de un libertino. Tal es Casimira. Por eso creo que no la conquistarás.

—¡Te digo que la conquistaré!

—Creerá que te burlas de ella, y te dará calabazas...

—¡Calabazas de Casimira!

—Y tus amigos te silbarán cuando lo sepan...

—Y las muchachas te pondrán la cruz, como a un energúmeno...

—¡Repito que conquistaré a Casimira! —replicó Alejandro.

—¿Cómo?

—¡No sé!

—Necesitas convencerla de que te gusta...

—¡La convenceré!

—De que la crees hermosa...

—¡Se convencerá!

—¡Apuesto a que no!

—Lo que tú quieras.

—Mira que tiene muchísimo talento...

—Yo tengo mucha práctica.

—Pues apostemos tu cochecillo contra mi caballo inglés.

—Apostado.

—¿Qué tiempo te tomas?

—Ocho días —dijo Alejandro después de una pausa—. Dentro de ocho días hay baile en casa de la baronesa del Cedro. ¡Allí os convenceré de que Casimira me ama!

—¡No basta eso!

—¡De que Casimira es mi novia! ¡De que cree en mi amor! ¡De que lo acepta!

—Convenido.

—¡Ah! —exclamó nuestro héroe, restregándose las manos—. ¡Cómo voy a humillar a la baronesa, a Elisa y a Mariana! ¡Cuánto voy a divertirme! ¡Y qué hermoso caballo voy a ganar!

Y, diciendo esto, se encaminó al palco de Mariana, que estaba con las hijas del embajador de... Tres Estrellas.

III. El campo de batalla

Han pasado los ocho días del plazo de la apuesta. Estamos en casa de la baronesa del Cedro.

Son las once de la noche.

Los salones pueden apenas contener tan numerosa y animada concurrencia. Piérdese la deslumbrada vista en un océano de luces, de flores, de cintas, de diamantes, de gasas, de plumas, de condecoraciones, de guantes blancos, de hombros desnudos, de calvas relucientes, de trenzas de oro, de azabache, de sonrisas, de gestos, de miradas... Todo bulle, gira, choca, centellea... La orquesta ha comenzado una polca, y sus voluptuosas cadencias inundan de lánguidos delirios todas esas imaginaciones frívolas y ardientes como la locura... ¡Mirad sobre todo a los que bailan! Parecen ramilletes de flores meciéndose al soplo del viento; parecen caprichosas nubes de otoño amontonadas a la tarde en el ocaso; parecen rizadas ondulaciones de un mar transparente bajo un cielo arrebolado; parecen bosques de plumas tornasoladas que el aquilón agita; parecen... ¡qué sé yo lo que parecen!

Alguien ha dicho, y muchos han repetido, que bailar es una tontería... ¡Yo protesto! Bailar es un verdadero placer; está en la naturaleza del hombre ¡Hasta los salvajes bailan! ¡Napoleón y Luis Felipe bailaban también! Y ¿por qué no habían de bailar? ¡Ah! Lleváis en los brazos a una esbelta andaluza de osadas y ardientes formas, dócil como un junco, rebelde como el acero, de moribunda mirada, pálida tez, provocativos labios, descubiertos hombros y perfumada cabellera... La estrecháis a vuestro corazón, oprimís su breve mano, apretáis su flexible cintura, os envolvéis en su hueca falda, nadáis en su aliento, ardéis en sus ojos... La música os empuja, el torbellino os arrastra, la deidad os encadena... Alguna vez le decís balbuciente: «¡Hermosa!», y la hermosa sonríe, y su sonrisa os vuelve loco, y el corazón siente nueva vida, y las sienes laten, y alzáis la frente con desdén soberano, y le decís al porvenir: No te temo, y le decís al pasado: ¡No te conozco!... ¡Ah! ¡Esto es magnífico!

Verdad es que, al salir del baile, mientras se apagan las luces, los músicos se marchan y se abren los balcones, sentís la cabeza pesada, los pies hinchados y el corazón vacío, y os da sueño, y hambre, y remordimiento, y vergüenza. Pero ¿qué es la vida material más que una serie de acciones y reacciones por el mismo estilo?

Convengamos, pues, cuando menos, en que las danzas modernas (como el vals, la polca y demás bailes en que las parejas van abrazadas) no son indignas de la majestad del hombre, aunque sí del pudor de la mujer.

Y basta por ahora de coreografía.

Sentados en un sofá del gabinete de la baronesa están nuestros amigos Alejandro, Luis y Cipriano.

—¡Os digo que vendrá! —exclama el primero.

—¿Y dices que has triunfado?

—Completamente. Por lo cual me debes el caballo...

—Pero cuéntanos...

—No tengo inconveniente. Ante todo, querido Luis, debo hacerte la justicia de confesar que hablabas como un sabio al sostener que Casimira era la verdadera mujer inconquistable. ¡Tú no sabes lo que he tenido que luchar! Básteos saber que me vi obligado a inventar todo un «tratamiento» nuevo. Las fórmulas usuales son ineficaces con las feas. Es menester otra literatura, otra táctica y otra lógica distintas de las que se emplean con las «simples mujeres». ¡Qué mundos habéis descubierto a mis miradas! ¡Qué inmenso abismo es el corazón humano! Escuchad mi historia de estos siete días, y reconoced que soy un gran psicólogo.

IV. Los hijos de Adán y Eva

El primer día busqué a Casimira en el baile de la embajada inglesa.

Estaba sola, como de costumbre, arrinconada en un gabinete, deseando marcharse y esperando a que su hermosa prima acabase de bailar, para volver a decirle:

Vámonos.

¡Nadie la había mirado en toda la noche! ¡Nadie la había sacado a bailar! ¡Nadie le había dicho: Los ojos tienes negros!

Senteme yo a su lado, afectando no reparar en ella, y, después de un prolongado bostezo, exclamé, como si estuviera solo:

—¡Jesús, qué fastidio!

Luego, volviéndome a la beldad, cual si la viese en aquel instante:

—¡Ah! Casimira... —murmuré—. ¿Estaba usted ahí? Perdone mi exclamación. Pero es lo cierto que llevo un invierno de aburrirme soberanamente en los bailes.

—¡Oh! Pues yo lo veo a usted bailar, y reír, y coquetear con todas...

—¡Eso es! Con todas...; lo cual quiere decir: con ninguna. ¡Qué niñas tan tontas y tan presumidas salen ahora al mundo! Desde que está de moda la educación inglesa, no hay muchacha que pueda sentir el verdadero amor.

Casimira sonrió filosóficamente, como quien dice: ¡Dios es justo!

Hablele enseguida del estado de la atmósfera, y para justificar mi extravagancia de permanecer a su lado (a fin de no alarmarla), me quejé de cansancio y de dolor de cabeza.

Pasó entonces por el gabinete una mujer hermosísima.

Yo elogié su peinado...

—¡Pero es tonta! —añadí.

—Tiene mucho partido... —dijo Casimira.

—¡No me gusta! —repliqué—. Su belleza no habla al corazón.

Luego pasó otra de las más afamadas, y censuré... su carácter, añadiendo que haría desgraciado al hombre que se casara con ella.

Por último, hablé de retirarme del mundo y dedicarme a la astronomía.

Aquí disertamos sobre la brevedad de la juventud y sobre la inestabilidad de los afectos basados en el amor propio...

Casimira hizo un gesto, que venía a significar: ¡Tienen ojos y no ven!

Levanteme entonces, y dije con hipócrita llaneza:

—Me alegro de haber dejado el salón. Su conversación de usted me encanta. Tiene usted mucho talento.

Era lo único que podía elogiarle impunemente.

Casimira alzó los ojos al cielo, como si dijera: ¡Dios mío!, ¿por qué en vez de tanto talento, no me diste un poco de hermosura?

Al día siguiente supe, por su prima, que la fea había hallado en mí un fondo de gravedad que nunca hubiera imaginado.

A la noche fui a saludarla en el teatro, y le participé que había reñido con la baronesa; que me marchaba de Madrid y que odiaba a las mujeres.

Esto era ofrecerle alguna probabilidad, supuesto que ella de todo tiene aspecto menos de mujer.

Califiqué de bonito su traje (elogio contra el cual no pudo protestar su escepticismo, pues, cuando lo llevaba, claro era que le agradaba también), y preguntele el precio y la tienda en que lo había comprado, añadiendo que pensaba enviar uno igual a mi hermana Margarita.

Por consiguiente, en esta segunda sesión me acredité de sincero en el ánimo de Casimira.

De la conversación del tercer día, en la tertulia de Ortiz, quedó en la memoria de la joven la frase siguiente, cuya diabólica eficacia reconoceréis:

—¡Tiene usted una cabeza muy artística!

Vosotros habréis observado que, desde que se inventaron las «cabezas artísticas», ya han dispuesto las cuarentonas de un requiebro muy cómodo, por lo elástico, que dirigir a sus amantes, aunque éstos sean más feos que Picio. ¡Artístico no quiere decir hermoso, sino bello, y la fealdad es belleza muchas veces! Recordad los cuadros de Rivera o las novelas de Víctor Hugo.

Casimira se tragó el requiebro, y bendijo el arte, que le valía el primer piropo en que había creído.

Luego hablamos de amores, y yo pinté mis desengaños. Le conté historias de novias muertas, de novias traidoras, de novias que me habían aburrido por no saber de qué hablarles, y solté dos o tres frases de este jaez:

—La constancia es un título de Castilla. También creo que hubo en Granada un periódico de este nombre... Buscarla en la mujer, equivale a querer cuadrar el círculo.

Cuando ya se marchaba, le dije:

—¡No se vaya usted «tan pronto!...» Son las doce...

¡Era la una!!!

Elogié su conversación, su bondad, el timbre de su voz, el aroma... de su pañuelo, y, por último, me quejé de su falta de franqueza conmigo.

—Usted debe de haber sufrido mucho... —concluí—. En su vida de usted hay una gran pena. A usted se le ha muerto alguna persona querida... Yo se lo cuento a usted todo ¡y usted no me cuenta a mí nada!

—¡Le juro a usted que no he tenido amores con nadie! —respondió Casimira, afectando que mentía.

El «juro a usted» era un pleonasmo en su boca; mas, por lo mismo, probaba que iba olvidándose de su fealdad cuando hablaba conmigo.

Al día siguiente, en el baile del conservatorio, le pregunté con un disimulo digno de Talma:

—¿Por qué no baila usted nunca?

Ella no se atrevió a decirme «porque no me sacan», y me contestó:

—Porque no me gusta.

Y se quedó pensativa.

Preguntábase sin duda en aquel momento si yo tendría conformada la retina de tal modo, que no reflejase su fisonomía tal como era.

Estábamos en el cuarto día.

Yo me aferré en creer, y casi se lo hice creer a Casimira, que su novio estaba ausente, y que por eso la veía triste, sola y empeñada en no bailar.

Negome ligeramente lo del novio, y cargó la mano en que no era esta la causa por que no bailaba.

Prescindí, pues, del baile, y apreté en lo del novio.

Entonces reventó de su pecho la tremenda y anhelada frase:

—Alejandro... ¡Usted se burla!... ¿Quién ha de quererme a mí?

Yo no contesté; fingime agraviado y triste, y saqué otra conversación, aparentando que aparentaba no haberla oído.

Luego, bruscamente, exclamé:

—Casimira, ambos somos muy desgraciados y padecemos el mismo mal: ¡la desconfianza! ¡Usted no cree en el amor, ni yo tampoco! Los dos hemos sido heridos por el mundo en nuestra sensibilidad exquisita. ¡Digámoslo francamente! El hombre solo ama la estúpida belleza, y la belleza no ama jamás. ¡Esto lo sabemos ambos, y de aquí el que no amaremos nunca! Seamos amigos... Consolémonos mutuamente... Apoyémonos el uno en el otro.

Y, en efecto, para que lo del apoyo no quedase en conversación, aquella noche la llevé del brazo a su casa.

Al otro día le envíe el Rafael de Lamartine y la Lelia de Jorge Sand; dos obras espiritualistas, en que la materia no sirve para nada, con gran desesperación de los lectores...

A la noche, comentando pérfidamente estos libros, dije:

—La belleza y la juventud pasan con los años. La virtud, el talento, las cualidades del alma, crecen y se fortifican con la edad. El cuerpo es enemigo del espíritu...

Casimira levantó la frente con orgullo.

—Y, sin embargo —continué—, ¡qué delicadeza de sentimiento hay en esos ojos, Casimira! ¡Qué corazón tan vehemente me revelan esas miradas! En vano quiere usted ocultar la energía de su privilegiada naturaleza: los ojos os hacen traición a la sangre... Usted amaría hasta el delirio... ¡Feliz el hombre amado por usted! ¡Oh! ¿Por qué no la conocí a usted antes de perder mis ilusiones? ¿Por qué he prodigado los tesoros de mi alma?... ¡Ah! Bailemos... Necesito aturdirme... Esta noche va usted a bailar... Yo se lo suplico... Solo con usted bailaría yo en el estado en que me encuentro... ¡Desde que la trato a usted de cerca, tengo horror a la frivolidad de esas niñas insustanciales que apenas se dan cuenta de que tienen alma! ¡Bailemos, Casimira! ¡Usted me comprende como nadie!

Casimira bailó conmigo.

De aquí en adelante cambié completamente de táctica. Ya no me dirigí al entendimiento, sino al organismo. Su cabeza estaba cargada de pólvora: solo me faltaba ponerle fuego por los sentidos y fingir no ver el incendio. Ella haría lo demás.

Decía que bailamos. Era un vals de Straus, lánguido y voluptuoso como una tentación. Todo lo que es indiferente para una mujer habituada desde pequeña a ir en brazos de un hombre arrebatada por la música, tenía suma importancia tratándose de Casimira, que durante muchos años había estado importando magnetismo, sin exportar ninguno. Así es que su talle, nunca acariciado, temblaba y chispeaba al contacto de mi brazo. Su corazón bramaba al acercarse al mío. Sus sensaciones vírgenes la ahogaban... La fuerza de su naturaleza, tanto tiempo comprimida, estallaba tumultuosamente. ¡Era mujer, era joven, era tierra! ¡Y yo la miraba, la miraba, la miraba sin cesar, envolviéndola, subyugándola, arrebatándola, pero sin decirle una palabra, sin darme por entendido de lo que veía, como si siempre se bailase así... como si aquello fuese bailar!

—¡Ah! —exclamé de pronto, cuando ya la vi perdida—. ¿Se marea usted? ¿Qué me dice esa mirada atónita, desfallecida, agonizante?...

¡Casimira!... ¡Usted es de fuego! ¡Usted es divina! ¡Ahora comprendo todo lo que vale usted!

Casimira estaba desmayada en mis brazos.

Su prima la sacó del salón, diciendo:

—¡Se ha mareado! ¡Falta de costumbre!

Yo me marché a mi casa.

Al día siguiente (que era el sexto) fui a visitar a Casimira.

Estaba pálida como la muerte.

Quedamos solos, y quiso hablarme del vals.

Yo me hice el desentendido.

Para mí, aquello había sido... lo que dijo su prima: un mareo hijo de la falta de costumbre...

Ella bajó los ojos como diciendo: ¡Ingrato! ¡No ha sospechado nada!

Yo me despedí tristemente, quedando en ir a la noche al baile de la condesa.

Casimira, al ver que me marchaba, se puso muy triste, y casi estuvo por decirme que la había engañado; pero reflexionaría sin duda que yo no le había prometido amarla (sino todo lo contrario, aborrecerla como a todas las mujeres, salva la parte de amistad), y contentose con preguntarme:

—¿Está usted enfadado conmigo?

—Yo... no... ¿Por qué?

—Por nada. ¡Soy tan cavilosa!...

Le besé la mano, y salí.

Aquella noche bailamos otra vez.

Casimira no se desmayó, y pudo oír perfectamente estas mis palabras subversivas, dichas en aquel momento de delirio que todo lo disculpa:

—Casimira..., tu aliento huele a ámbar. ¡Este vals acabará por enloquecerme! ¡Oh! ¡Tus ojos!... ¡tus ojos!... ¡Casimira!... ¿Me amas? ¿Me amas? ¿Me amas?

Y tanto se lo repetí, y en tantos tonos, que, con sudores de muerte y mirada de reo en capilla, tartamudeó el sí más tierno, más apasionado, más rico de promesas que nunca ha sonado en mis oídos.

Entonces, y solo entonces, solté este último requiebro, que yo tengo guardado para las feas:

—Casimira, tú debes de ser muy bien formada.

Al otro día era el séptimo.

Y al séptimo descansó, dice la Biblia.

Me ama, pues, Casimira Fernández. Para conseguirlo, he invertido el orden acostumbrado. Lo último que he hecho ha sido declararme a ella. Cuando me declaré, ya no tenía libertad de raciocinar. Necesitaba creerme y me creyó. Mi declaración fue pura fórmula. Sin ella, todo hubiera sucedido lo mismo. Mi habilidad consiste en haber prejuzgado la cuestión con hechos. Algo, que no era su voluntad ni la mía, se había anticipado a la discusión que precede a todo compromiso. El compromiso fue anterior al deseo de comprometerse. He aquí la explicación de mi triunfo.

—Mañana te mandaré el caballo... —dijo Luis con verdadera admiración—. Pero antes necesitamos pruebas fehacientes.

—Las tendréis. Allá aparece la diosa. ¡Observadnos!

V. Dedicatoria entre paréntesis

(Jóvenes inocentes del sexo femenino, recién llegadas al 21 de marzo de vuestra vida; puras y hermosas como flores de invernadero; educadas en la más completa ignorancia de la medicina legal, y tan piadosas y tímidas que no podéis presenciar sin lágrimas los gallinicidios culinarios, ni sospechar sin miedo la existencia de troglodita ratón; a vosotras, inofensivas y dóciles como la paloma y el antiguo progresista; que confesáis al señor cura pecados tan gordos como no haber besado el pan que recogisteis del suelo, o no haber dicho Jesús, María y José al estornudar vuestro novio, o haberos fumado algún cigarrillo de vuestro primo, solo por conocer el gusto del tabaco; a vosotras, tan sensibles como bonitas, que os desmayáis en la ópera y en los toros, y que, por todas estas razones, merecéis que la baronesa del Cedro, a cuya casa vais de tertulia, os llame su coro de ángeles; á vosotras, en fin, Elena, Pura, Mariana, Matilde, Elisa, Consolación, reinas de aquellos salones, os dedico estas humildes páginas, un poco verdes en la forma, pero muy maduras en el fondo, y en que me propongo demostraros clarísimamente que, a pesar de vuestros celestiales atributos, sois tan crueles y desalmadas, que cometéis muchas veces los delitos de robo en cuadrilla y de asesinato con ensañamiento, alevosía y premeditación, sin daros cuenta de lo que hacéis y sin sentir después remordimientos, ni más ni menos que si fueseis discípulas o compañeras de los más feroces bandidos que suelen expiar sus crímenes en la horca.)

VI. La crucifixión

Conque volvamos al baile.

Decíamos que entró en él Casimira...

¡Casimira, que, por primera vez desde que cumplió doce años, creía en Dios, en la vida, en el amor, en la felicidad puesto que creía en Alejandro!

¡Casimira, cuyas pasiones, grandes y pequeñas, habían despertado juntas en violentísimo tumulto, y que iba aquella noche al baile a ostentar su primera conquista y a vengarse de tantas otras noches de soledad, abandono y pena, pasadas en aquel mismo salón, delante de aquellas mismas afortunadas hermosuras!

¡Casimira, que quitaba un adorador a Mariana, a Elisa, a Matilde, a Pura, a Consolación, a la baronesa del Cedro... a la dueña de la casa!

¡Casimira, en fin, que en virtud de todo esto se había emperejilado de tal manera, que no había dejado una blonda ni una cinta en sus cómodas y armarios; lo cual quiere decir que iba muy vistosa, demasiado vistosa, imprudentemente vistosa, con su vestido verde mar recargado de adornos de mil clases, con su prendido de rosas carmesíes y de plumas blancas, con su chaqueta de tul, sus lazos de color de canario, sus mangas bordadas, sus guantes de tres botones, su provocativo peinado y su deslumbrador aderezo de brillantes!...

Estaba horrible, épicamente fea, tan ostensiblemente deforme, que todas las miradas se fijaron en ella, y muy particularmente en su cara...

¡Su cara!... ¡No la describiremos!... Somos más misericordiosos que el coro de ángeles de la baronesa del Cedro:

Alejandro se acercó a Casimira...

Pero aquí necesitamos hacer una advertencia.

No sé si habréis notado que Alejandro, en medio de sus defectos y de su aparente crueldad, tenía un resto de corazón. Alejandro, pues, amaba y compadecía a Casimira hasta cierto punto.

La amaba, porque efectivamente había hallado en ella todo un océano de amor, todo un mundo de sentimiento, todo un cielo de abnegación, de ternura, de gratitud, de adoración fanática. Lo que no había encontrado en el alma de la baronesa, lo que le negaba el corazón de Elisa, lo que necesitaba Alejandro para vivir, lo que envidiaba al oír los cantos de Saffo, todo lo había logrado en Casimira Fernández.

Y la compadecía, porque adivinaba que su vanidad de Tenorio, sobreponiéndose a su razón y a su conciencia, lo alejaría de la infeliz, no bien el mundo cruel se riese de su elección... Y el mundo se reiría; porque el mundo no puede sufrir en calma que una mujer tan fea como Casimira llegue a ser bienaventurada sobre la Tierra.

Por ganar una apuesta, por satisfacer una feroz curiosidad, habíase acercado Alejandro a la joven; pero, no bien valuó con la vista aquel ignorado tesoro de heroicas cualidades, quizás se le ocurrió ocultar su aventura, amar a Casimira en secreto, abismarse a solas en aquel piélago de generosidad, desconocido hasta entonces para él... ¡Quizás se le ocurrió hacer de ella su madre, su hermana, su amiga, su esposa, la madre de sus hijos, la compañera de su vejez!

Pero ¿y la apuesta? ¿Y su amor propio comprometido? ¿Y pasar a los ojos de Luis y de Cipriano por pretendiente desdeñado de Casimira?

—¡Bien! —se dijo Alejandro definitivamente—. Soportaré con paciencia una silba la noche de la exhibición... ¡Yo tengo crédito!... Este amor pasará por una excentricidad..., por una humorada... Luciré mi monstruo durante una hora, y luego fingiré que lo abandono... Pero no lo abandonaré, sino que seguiré visitándolo en secreto.

Con tales propósitos, y revestido del valor de un mártir, sentose al lado de Casimira y le habló al oído.

La primera que sintió la herida fue la baronesa del Cedro, olvidada por Alejandro casi completamente durante aquellos días, y que, con su instinto de mujer enamorada, había sospechado la existencia de una nueva rival. Llamó, pues, la atención de su coro de ángeles hacia el estrambótico grupo que formaban Alejandro y Casimira hablándose de amor...

El coro de ángeles se asombró... y puso el grito en el cielo...

—¡Nos insulta!...

—¡Nos humilla!...

—¡Nos ofende!...

—¡Es menester vengarse! —dijeron a una voz las agraviadas.

—¡Y ella lo cree!...

—No la hacía yo tan tonta...

—¿Sabéis si ha heredado?

Alejandro percibió esta marea creciente de sarcasmos que se acercaba hacia ellos, y sacó a bailar a Casimira.

Casimira estaba loca de placer. El cielo que promete el Evangelio a los mansos, a los pobres de espíritu, a los que lloran, a los que han hambre y sed de justicia; aquel cielo, única esperanza de la pobre fea durante luengos años de soledad y pena, habíasele acercado tan súbita e inesperadamente, que apenas se daba cuenta del milagro de su redención. ¡Cuánto amaba y bendecía a Dios aquella noche! ¡Qué lluvia de lágrimas ocultas y silenciosas refrescaba su corazón, prematuramente agostado! ¡Qué hermoso era el mundo, y qué buena la especie humana, y qué bello y lisonjero el porvenir!

El coro de ángeles andaba entretanto por el salón, diciendo:

—¡Y la saca a bailar!...

—¡Y ella baila!...

—¡Conque sabía y se lo callaba!...

—Debemos dejarlos solos...

—¡Eso es! ¡Una manifestación pacífica!...

—¡Retraigámonos como los obreros catalanes cuando se cruzan de brazos y se pasean por la Rambla!

—¡Declarémonos en huelga!

—Pero, niñas, ¡eso va a ser una ruina para mi baile! —exclamó la dueña de la casa.

—Se comprende el terror de estas señoritas —dijo Luis, penetrando en el grupo—. Al ver bailar a esa mujer, no he podido menos de exclamar. Vel auctor naturae patitur, vel mundi machina disolvitur.

Todo el mundo se rió de este latín, sin comprenderlo, y entonces Luis y Cipriano contaron los amores de Alejandro y Casimira, tal como acababan de oírlos de boca del mismísimo héroe.

Las bromas, las burlas, los epigramas, llegaron al extremo.

Alejandro lo veía, lo oía, lo adivinaba todo.

Casimira reparó de pronto en que hacía un rato que solo ella y Alejandro bailaban, y en que todo el mundo los seguía con la vista, riendo y cuchicheando.

Pareciole que un puñal le atravesaba el corazón. Miró a Alejandro, y viole pálido y sudoroso, con la expresión de horribles angustias en el semblante. Detúvole entonces con un movimiento convulsivo; y sonriendo tan mansamente, que su resignación habría desarmado a los verdugos de san Bartolomé, pero que no logró desarmar al coro de ángeles de la baronesa, dijo al conturbado y comprometido joven:

—¡Gracias! Estoy cansada... Déjame... Da una vuelta por ahí...

Alejandro aprovechó el permiso, y se dirigió en busca de Luis, a fin de preguntarle si estaba ya satisfecho.

—¡Que sea enhorabuena! —le dijo Matilde al paso.

—¡Tiene usted muy buen gusto! —murmuró Elena a su oído.

—¿Cuándo es la boda? —le preguntó la baronesa sin mirarlo; después de lo cual llamó con el abanico a un militar muy hermoso, que la solicitaba hacía tiempo, y que inspiraba más odio y despecho que celos y envidia a la satánica vanidad de Alejandro...

—¡Al fin ha encontrado usted quien le quiera! —le dijo Mariana, entregando una flor al secretario de la embajada de Tres Estrellas.

—¿Quiere usted bailar, Elisa? —balbuceó Alejandro, dirigiéndose a la niña de la calle del Príncipe, a la reina de su corazón, a la esfinge de su vida.

—¡Líbreme Dios, Alejandro! —respondió la joven—. ¡Antes necesita usted que lo pongan en cuarentena, como a los buques apestados!

Esta última herida despertó su rabia; y decidido a rechazar la fuerza con la fuerza, volviose al lado de Casimira. Comprendió que, si denotaba debilidad, sería devorado por sus enemigos.

—¡Bailaré con ella toda la noche! —pensó—. ¡Yo fatigaré a esas presumidas! ¡Yo les haré ver el temple de mi alma!

Y, dirigiéndose a la fea:

—Casimira —le dijo—. Se me había olvidado advertirte que no te comprometas a bailar con nadie ¡Quiero ser tu pareja toda la noche!

—¡Qué encargo tan inútil y tan irrisorio!

Pero Casimira dio las gracias al joven con una sublime mirada.

—¿Oyes? —prosiguió Alejandro—. Tocan el vals de Straus que hemos bailado dos noches. ¡Bailémoslo, como brindis a nuestro amor, que nació al compás de esas cadencias!...

Casimira se resistió al principio...

Luego respondió:

—Deja que salgan otras parejas...

—Mira... Ya hay tres. ¡Vamos! —replicó Alejandro, trémulo y febril.

—Pero ¿tú me amas? —preguntó Casimira con voz agonizante.

—¡Que si te amo! —contestó el joven con voz vibrante y nerviosa—. ¡Como no he amado nunca!... ¡Como ninguna mujer, sino tú, merece ser amada!... ¡Ven!... ¡Ven!... ¡Bailemos!

—¡Sí..., bailemos! —repitió la fea, cuya alma era teatro de la más espantosa lucha.

Toda esta conversación la escuchó Elisa.

¡Elisa, que venía diputada por el coro de ángeles para separar a Alejandro de Casimira!

¡Elisa, de quien, como sabemos, Alejandro estaba perdidamente enamorado, sin saber si era correspondido, pero sospechándolo con algún fundamento!

¡Elisa, la reina del salón, la niña impasible, la de los lánguidos ojos negros, la de la boca de púrpura, la del pecho de diosa, la de manos de maga, la de voz de sirena!...

Elisa, pues, llamó a Alejandro, sin mirarlo.

—Perdona... —dijo éste a Casimira, cuando la cuitada se disponía a lanzarse al vals, cuando ya soltaba el abanico sobre una silla—... Perdona... Vuelvo al momento...

Y se acercó a la imperturbable hermosura.

—Tenemos mucho que hablar, Alejandro... —dijo Elisa.

—¿Nosotros, Elisa? —exclamó Alejandro, trémulo de júbilo.

—Sí, señor. Sea usted mi pareja en este vals...

—Este vals... —balbuceó Alejandro— lo tengo comprometido...

—¿Con la baronesa? —preguntó Elisa, fingiendo, o no fingiendo (que esto no lo ha sabido nunca nadie) unos celos devoradores.

—¡Yo no tengo compromiso alguno con la baronesa! —murmuró Alejandro valerosamente.

—¡Ah! Será con aquella joven..., ¡con Casimira! Bien..., vaya usted.., Otro día hablaremos... Tenga la bondad de decir a mi primo que lo espero. Ahora caigo en que le había ofrecido bailar con él toda la noche...

—¡No..., no se lo diré! —exclamó Alejandro, recordando las cosas que pensó ocho días antes en la calle del Príncipe, a las ocho de la mañana.

Y, como siempre que se acercaba a Elisa, todo desapareció ante ella: el orgullo, el honor, la conciencia, la cortesía, la caridad; y, por consiguiente, desaparecieron también ésta vez Luisa, Cipriano, la apuesta, la baronesa del Cedro, y hasta la infortunada Casimira...

¡Oh, sí! Aquella coqueta de diecisiete años, aquella encantadora Elisa siempre sonriente, aquella implacable tentadora, era mucho más fuerte que el libertino.

¡Ella lo sabía y por hacer alarde de esta fuerza, quizás sacrificaba diariamente su ventura y la de él, en lugar de arrancarlo, con una palabra de cariño, de los brazos de la baronesa!

Alejandro empezó a decirle apasionadas frases... Ella se manifestó afable como nunca... No sé cómo se enredaron sus brazos..., y ¡helos ya en el torbellino del vals, olvidados del mundo y de sí propios, sin memoria de sus resentimientos, sin proyectos para el porvenir!

Elisa era calculadora. La solidez de su talento podía compararse con la de su voluntad. ¿Quién sabe si al aceptar en broma el papel de rival de Casimira, que le había encomendado toda la reunión, satisfizo su propio deseo de bailar con Alejandro aquella noche?

Ello es que iba ufana, gallarda, voluptuosa, en los brazos del amante de la baronesa. Ello es que los dos se miraban con fuego, y se sonreían con dulzura. Ello es que formaban una pareja encantadora, rica de juventud y de gracia, propia para dar envidia a la inválida vejez, a la desheredada fealdad, al frío y misantrópico desengaño.

Precisamente acabaron de bailar en un extremo del salón, opuesto al en que se hallaba Casimira.

Y allí permanecieron hablando media hora.

Y Alejandro preguntó a Elisa, loco de amor y miedo:

—¿Me quieres?

Y Elisa respondió, con los labios secos y la mirada atónita:

—No.

Sus ojos, entretanto, decían que sí.

De lo cual resultó que Alejandro quedó para toda la noche a los pies de Elisa.

—¿Bailaremos la primera polca? —le preguntó el joven desfallecido de ventura.

—¡Sí! —contestó suavemente Elisa, cuya alma nadie hubiera podido sondear en aquel momento.

—Elisa ¿te acuerdas de Aranjuez? —murmuró Alejandro apasionadamente.

—Déjame ahora... —replicó ella con una inexplicable mezcla de ternura, de celos, de candidez y de perversidad—. ¡La baronesa nos mira!...

En efecto: la baronesa principiaba a alarmarse, temiendo que Elisa trabajase ya por su propia cuenta.

Levantose, pues, la joven, y dijo:

—Búscame cuando preludien la polca...

Y se alejó en busca de sus amigas, a procurar sin duda que le confirmasen sus poderes, autorizándola a seguir seduciendo al adorador de la fea.

—¿Quién se acerca ahora a Casimira? —pensó Alejandro al verse solo—. Me dará quejas; llorará; y, por otra parte, Elisa creerá que me burlo de las dos.

Hízose, pues, el distraído.

Añádase a esto que Cipriano y Luis se llegaron a él y le declararon vencedor, en vista del cariño y de los celos, de la pasión y de la angustia que revelaba el rostro de Casimira.

¡Ah! Sí; Casimira estaba pálida como la muerte; sola, muda, abandonada, presa de la más horrible desesperación.

—Quiero ser tu pareja toda la noche... —le había dicho Alejandro. ¡Y Alejandro la había dejado plantada, para irse a bailar con Elisa!

¡Qué burla tan cruel! ¡Qué desencanto tan doloroso! ¡Qué grosería! ¡Qué infamia!

El coro de ángeles cuchicheaba, la señalaba con el dedo, y reía despiadadamente.

Porque es lo cierto que el dolor le sentaba muy mal al rostro de Casimira.

En esto preludió la orquesta una polca.

Casimira esperó..., no ya amor, sino misericordia de parte de Alejandro.

Pero Alejandro bailó la polca con Elisa.

Casimira lloró entonces...

El coro de ángeles se burló de aquellas lágrimas, y halló ridículos aquellos celos. ¡En un baile no se llora!

Elisa paró a Alejandro cerca de Casimira, sin que él lo notara.

—Háblame de tu nueva conquista... —le dijo con voz de sirena.

—¡Qué cosas tienes! —replicó Alejandro—. Lo de Casimira ha sido una apuesta. Pregúntaselo a Luis y a Cipriano... ¿Cómo había yo de amar a esa diosa egipcia?

Casimira oyó estas palabras, y se desmayó ¡de veras! Puedo asegurarlo.

Pero la baronesa creyó que el desmayo era fingido.

En cuanto al coro de ángeles, excusado, es decir, que halló grotesca la sensibilidad de Casimira.

Su prima acudió a socorrerla, diciendo:

—¡Nada! ¡Lo mismo pasó la otra noche! Se ha empeñado en bailar..., y, ¡ya se ve!... la falta de costumbre...

Alejandro, causa de tan cómicos acontecimientos, fue adorado aquella noche. La belleza estaba vengada.

Casimira volvió en sí, y dejó el salón sin merecer una mirada de Alejandro.

Elisa le daba un dulce en aquel momento y le enseñaba sus nacarados dientes.

Luis y Cipriano le ofrecían, además del caballo, un festín en celebridad de su triunfo.

El coro de ángeles se contaba todas estas cosas entre inocentes carcajadas.

Siguió el baile, y al poco tiempo se marchó Elisa, sin decir a Alejandro ni que sí, ni que no; pero dejándole más enamorado que nunca.

Alejandro se sintió entonces inquieto, sin darse cuenta de la causa, o no queriendo dársela tal vez. Por lo visto, el remordimiento principiaba a agitar su conciencia. Ello es que se puso muy triste su alma, en tanto que su rostro sonreía. Por consiguiente, aprovechó el resto de la noche en reconciliarse con la baronesa...

—Los criminales gustan de estar juntos.

La baronesa, que era materialista, aunque se fingía a sí misma que lo ignoraba, firmó las paces al momento.

—Quédate el último... —le dijo como ocho días antes.

Y Alejandro se quedó.

Ocho días después hubo también baile en casa de la baronesa.

Pero no asistió Casimira.

El coro de ángeles se rió de su ausencia.

—¡La aburrimos! —indicó Elisa.

—¡Se habrá mirado al espejo! —añadió Matilde.

—¡Se habrá retratado al daguerrotipo! —profirió Mariana.

—¡Se habrá casado con un ciego! —murmuró Consolación.

—¡O se habrá metido a monja! —exclamó Elena.

—¡O se habrá muerto! —dijo la baronesa, sonriéndose de una manera indefinible.

Entonces empezó un rigodón, dando fin a estos comentarios.

Alejandro lo bailó con la baronesa.

Elisa se burlaba de Alejandro y de sí propia, bailando con un majadero.

Y nadie volvió a acordarse de Casimira.

VII. Moraleja

¡Casimira! ¡Ah! ¡Casimira!

No habléis nunca de libertad al prisionero.

No habléis de sus hijos a la madre, que los lloró difuntos y que por misericordia de Dios sobrevivió al pesar.

No habléis a los ciegos de la belleza de la luz y de los colores.

Dejad tranquilo al que duerme. No lo despertéis jamás.

Respetad la santa ignorancia de los niños.

No enteréis a los pobres de sus derechos sociales si no podéis satisfacerlos.

No hagáis ostentación de vuestro lujo delante de los miserables.

No turbéis la dolorosa tranquilidad del corazón de una fea.

¡Paz a los muertos!

¡Casimira! ¡Ah! ¡Casimira!

El coro de ángeles la creyó indigna de ser feliz.

El coro de ángeles le robó su felicidad.

El coro de ángeles se rió de su desdicha.

¡Casimira ha muerto!

Murió de una caída del cielo a la Tierra. ¿No lo habíais sospechado?

Ella peregrinaba tranquila por este valle de miserias.

Alejandro la levantó..., la sublimó al empíreo.

El coro de ángeles: vosotras, niñas, a quienes me dirijo, la empujasteis, precipitándola otra vez contra la Tierra.

Ha muerto, pues, asesinada.

—Estos delitos no se hallan penados en ningún código —diría Balzac.

—¡Pero a bien que Dios está en los cielos! —decimos nosotros.

Por de pronto, Alejandro y Elisa han sido bien castigados.

Nacieron tan idóneos para agradarse y para ser el uno la ventura del otro, como si estuvieran destinados a vivir perpetuamente unidos; pero una mujer infernal se atravesó entre ellos, separándolos para siempre. ¡La baronesa, no solo manchó con sus besos a Alejandro, haciéndole indigno de la adoración de Elisa, sino que acabó por rebajar el carácter de Elisa, induciéndola a casarse con no sé qué pobre hombre! Desde entonces Elisa y Alejandro se huyen. Su amor instintivo se ha convertido en rencor y soberbia, y su mutua predestinación en adversidad. Desean odiarse, y no pueden, y el tiempo que pasa los convence más y más de que ni la dicha ni el olvido calmarán nunca la desesperación de sus divorciadas existencias.

La misma baronesa ha encontrado su merecido, pues reemplazó a Alejandro con un capitán de caballería, que, al decir de personas autorizadas, suele pegar prosaicas palizas a la pobre señora.

En cuanto a Casimira, podéis estar seguros de que su cuerpo no es ya más feo ni más bonito que cualquiera otro de los que la tierra pudre y devoran los gusanos, mientras que su alma, purificada por el martirio, luce en la Gloria su imperecedera hermosura rodeada de verdaderos coros de ángeles.

Madrid, 1858

NOVELA NATURAL

I

En Madrid, hace dos o tres años, una tarde en que tan pronto llovía como salía el Sol (pues, aunque terminaba mayo, duraban todavía los lloriqueos primaverales, graciosos como todo lo que pertenece a la juventud, y no desconsolados y monótonos como las feas lluvias del lúgubre noviembre); esa tarde, decimos, a cosa de las cuatro, veíase en medio de la plaza de Santa Ana una cartera de bolsillo, o, por decir mejor, un librito de memorias, sobre cuyo forro se leía la palabra francesa Notes.

El librito yacía en mitad del suelo, demostrando claramente que se le había perdido a algún transeúnte: habría sido lujoso, pero estaba muy estropeado su forro de piel de Rusia color de avellana: cerrábase por medio de un brochecito dorado, de esos que se abren con la uña del dedo pulgar; y, en fin, sería poco más grande que un naipe y algo más pequeño que una esquela de entierro doblada en la forma en que se suplica el coche.

No sabemos el tiempo que llevaría de estar allí aquel objeto, cuando, por la parte septentrional de la calle del Príncipe apareció una honrada señorita, que ya filiaremos, custodiada por un criado de aspecto decoroso; la cual cruzó diagonalmente la plaza, como dirigiéndose a la del Ángel, viniendo a pasar precisamente por el sitio en que yacía el librito de memorias. Violo; miró en torno suyo buscando al que lo hubiese perdido; y como no descubriera alma viviente delante ni detrás de sí (pues lloviznaba a la sazón, y, además, en tal mes y a tales horas no hay casi nunca gente en aquella explanada), hizo que el criado se lo alargase; interpuso pulcramente el pañuelo entre la piel de Rusia del libro y la piel de Suecia del guante, y siguió su camino, exhibiendo en cierto modo, o sea, dejando ver a los transeúntes aquel hallazgo, por si alguno era su dueño, y resuelta, en último caso, a hacer anunciar el lance en el Diario de Avisos o en La Correspondencia de España.

Y esta es la ocasión de filiar, como hemos prometido, a la honrada señorita, en tanto que llega a su casa, situada en la calle de Carretas.

Ya se nos han escapado cuatro importantísimos datos de su biografía, a saber: que no estaba ni había estado casada, puesto que la hemos llamado señorita; que pertenecía cuando menos a lo más elegante de la clase media (por lo de señorita y por lo del criado); que vivía en la calle de Carretas, y que era honrada, cosa esta última que, dicho sea entre paréntesis, no tiene nada de particular.

Antes de seguir adelante debemos advertir al lector que la que ya puede llamarse nuestra heroína no hace otro papel en la presente historia que leer el mencionado librito y permitirse algunos comentarios acerca de sus apuntaciones, y que luego la dejaremos en libertad de seguir su vida privada, como Dios se la depare, sin meternos a decir al público si se casó, si murió soltera o si se hizo monja. Excusado, pues, parecerá acaso que retratemos minuciosamente a esta joven sin historia conocida, que va a ser para nuestros lectores ni más ni menos que cualquiera otra de las mil mujeres que hallamos diariamente en la calle y olvidamos para siempre a los dos minutos de verlas. Pero, por eso mismo, esto es, cediendo al melancólico encanto que dejan en ciertas almas, durante esos dos minutos, todas las desconocidas notables que le salen al paso; por eso mismo, es decir, para que los mejor organizados de vosotros experimentéis tan patética emoción, que resume el misterio doloroso y grato de la existencia humana; por eso, y para que todos sepan que, además de las que figuran en los libros, hay en el mundo mujeres desocupadas que pudieran realizar novelas semejantes a las escritas (como en los almacenes de muebles hay camas y sillas en que no se ha acostado ni sentado nadie, y que, o se romperán allí, sin que nunca sirvan para nada, o se convertirán en ajuares de trágicas o cómicas familias); por todo lo apuntado, repetimos, vamos a hacer una prolija y circunstanciada descripción de la señorita honrada que cruzó una tarde lluviosa por la plaza de Santa Ana, bajo la custodia de un criado, y que se encontró el susodicho libro de memorias.

Doña Juana López García (así se llamaba la señorita) hija de don Antonio y doña Josefa, propietaria ésta de unas viñas de Andújar, que producían, por término medio, 45.000 reales anuales, y consejero de Estado o director en el ministerio de hacienda aquél, siempre que era gobierno cierto partido, lo cual ya le había asegurado, para los días de desgracia de sus amigos políticos, una cesantía de 24.000 reales, también anuales, que cobraba el don Antonio, sin más trabajo que desear, esperar y anunciar la caída del gabinete, acababa de cumplir veintidós años; era morena esclarecida, más bien alta que baja, ni delgada ni gruesa, y tenía: ojos y pelo negros; incipientes y anilladas patillas; boca pequeña y roja, que sonreía con gracia y dejaba ver unos dientes irreprochables; mejillas levemente coloradas; manos pálidas y chicas, con los dedos puntiagudos y las uñas como hojas de rosa de pitiminí; cintura, seno y hombros admirablemente proporcionados; pie menudo y firme, o sea, alto de empeine, y voz de mezzo-soprano, tan propia para la blandura del ruego como para la gravedad de la narración.

Juanita era hija única: poseía muy buena ropa y sabía llevarla: prefería los colores poco vistosos, y su lujo principal consistía en una escrupulosísima limpieza y en armonizar, sin aparentes pretensiones, pero con sumo rigor artístico, todo lo que constituía su traje. Mucho blanco y negro; mucho gris; mucho puño y cuello liso; mucho oro y poca labor en sus contadísimas joyas; oportunas hebillas de acero; nunca miriñaque... Tales eran las reglas de su indumentaria. Tenía, además, gustos ingleses en el tocador y en el escritorio, guerra declarada al lodo de las calles (de tal manera, que antes dejaba ver el arranque de su soberana pierna que mancharse la fimbria de las faldas), doncella francesa a su servicio, y tres habitaciones en la casa paterna para su exclusivo uso: gabinete, alcoba y tocador, todo reunido y con vistas a un anchuroso patio.

Juana era seria y alegre; más claro: no era casquivana ni melancólica. Seria quiere decir noble y juiciosa: alegre quiere decir graciosa y apacible. Era feliz, en una palabra, y como que irradiaba su propia felicidad en torno suyo. No había tenido novio todavía, aunque la habían pretendido muchos jóvenes casquivanos o melancólicos, ni serios ni alegres. Era instruida y religiosa: madrugaba: oía misa los días de precepto, y no maquinal, rutinaria, ostentosa ni coquetamente, sino con la mayor formalidad, como se cumplen los grandes deberes naturales, como amamos y honramos a nuestros padres y maestros: prefería el Retiro a la Fuente Castellana, y leía libros dulces, ligeros y castos. Los libros románticos, desconsolados y desconsoladores, le hacían reír, pues no comprendía que hubiese dolor sin consuelo: los libros audaces y filosóficos la fatigaban inútilmente, pues no aprendía en ellos nada tan grato, tan absoluto, tan natural como su mansa obediencia católica; y los libros que contradecían en algo las buenas costumbres, le repugnaban como las personas de mala educación. Nunca, pues, acabó de leer obra que no fuese parecida a I Promessi sposi o a Pablo y Virginia. Hablaba el italiano y el francés: tocaba el piano: no cantaba: sabía coser y guisar, pero ni guisaba ni cosía. Era muy caritativa, y daba la limosna ocultando a la par sus lágrimas y el dinero. Montaba a caballo. Estaba abonada a butaca en el Teatro Real. Para su padre, que rayaba en los sesenta años, era un amigo. Juntos iban de paseo, a caballo o a pie; juntos al teatro, juntos al Museo de Pintura. A la iglesia iba siempre con su santa y padecida madre, que salía mucho menos. A las tiendas llevaba carta blanca y la compañía de un antiguo y respetuoso criado. Finalmente, Juana era un ídolo para sus padres, una especie de adorada nieta para su confesor, y una buena muchacha (de quien nunca se había murmurado) para la vecindad y para el público.

Ahí tenéis retratada de cuerpo entero y de tamaño natural a la mujer que se encontró el librito de memorias.

Juana llegó a su casa; besó a su madre; le enseñó unas ligeras compras que había hecho; se enteró de que su padre estaba en el Congreso; trocó su traje de calle por otro de casa; contó a su madre el hallazgo de la cartera, en lo que la buena señora opinó también que debía anunciarse el caso en La Correspondencia, salva la opinión del padre; y encerrándose entonces la joven en su gabinete particular, sentose en una butaquita baja; arrellanó y acomodó en ella su hermosísimo cuerpo, como quien toma postura para largo rato; mostró de resultas, y sin advertirlo, sus preciosos pies, calzados ya con orientales chapines de terciopelo, y abrió indiferentemente y como por humorada el misterioso álbum de bolsillo.

Constaría éste de unas cien hojas, de las cuales más de la mitad estaban en blanco: las restantes contenían notas escritas con lápiz o con tinta, sin orden ni concierto y en variedad de letras, que se conocía eran de una misma mano, pero que habían sido trazadas unas despacio, otras deprisa, unas de pie y otras en más cómoda postura.

Toda mujer tiene algo de Eva. Juanita era mujer, y, por consiguiente, curiosa. No se le ocultó que solo su padre debía leer aquellas apuntaciones, y esto... con el mero fin de ver si contenían el nombre de su autor... ¡Pero era tan leve, tan venial la falta!...

Leyó, pues, la primera hoja.

II

La primera hoja, escrita con lápiz, decía de esta manera:

Sastre.	Letra.
Retratos	Guardapelo.
Bolsa de viaje.	Calzado.
Cementerio.	Gorra.
Carta de vecindad.	Sortija.
Cigarros.	Maleta.
Fósforos.	

Juanita no pudo menos de quedarse pensativa después de leer esta lista de quehaceres.

Su viva imaginación vio dibujarse enseguida, al través de aquellas palabras incoherentes, la figura moral y social del que las había escrito. Volvió, pues, a leerlas más despacio, y entonces sintió caer sobre su alma la vaga melancolía que inspira el ser humano cuando se le considera remota o mediatamente, cuando lo envuelve la atmósfera del misterio, cuando desconocemos sus vulgares circunstancias. Y es que, en este caso, el destino de aquella persona tiene algo de genérico, y parécenos que su vida puede servir de explicación a la nuestra. Resolución ajena del problema propio, experimento in anima vili; misericordia; fraternidad...; llamadlo como queráis; pero el fenómeno es constante: esa melancolía existe.

He aquí ahora cómo glosó la imaginación de Juanita (sin que Juanita se advirtiera del comentario que hacía su imaginación) aquellas al parecer inconexas palabras.

—Sastre... —se dijo—. El dueño de esta cartera es hombre, y un hombre elegante; o cuando menos, un joven en edad de merecer...

Retratos... ¿Suyos o ajenos? ¿Retratos que recoger, o retratos que repartir?

Bolsa de viaje... El joven se disponía a viajar. Lo del sastre significa que se equipaba para una expedición importante, y lo de los retratos prueba que su viaje iba a ser largo, por la distancia o por el tiempo, y que se había retratado a fin de dejar su imagen a algunas personas queridas. Tenía, pues, que ir a recogerlos a casa del fotógrafo. ¡Luego había fotógrafo en el punto que el joven iba a dejar! ¿Qué punto sería éste? ¿Habría salido de Madrid para América? ¿Y por qué se me ocurre un lugar tan lejano? Puede haber ido empleado a una provincia... También puede haber salido de una provincia (de una capital, puesto que hay en ella fotógrafo), y estar en Madrid. ¿Porqué no ha de ser Madrid el término de su viaje?

Cementerio... Esta palabra revela excelente corazón. El joven es un buen hijo, o un buen... viudo, o un buen amante... póstumo. ¡No quería marchar sin despedirse de un muerto querido, o de una muerta adorada! Esto es claro, y tierno, y más interesante de lo que yo me prometía al encontrarme la cartera.

Carta de vecindad... Laudable previsión, que demuestra orden en la vida, formalidad, juicio... Lo mismo hubiera yo hecho en su caso.

Cigarros... Fuma ¡Hace bien! ¡Los hombres deben ser hombres!

Fósforos... ¡Nada se le olvida!

Letra... Me alegro de que tenga... de que tuviera recursos. ¿De cuánto sería esta letra? ¡Pobres hombres! ¡Siempre llenos de cuidados! Ellos tienen que procurar para sí y para nosotras. De buena gana (suponiendo que esta letra fuese de menos cantidad de la que él necesitara) hubiera yo aumentado con mis ahorros el capital del previsor viajero. ¡Cuántos afanes le costaría quizá reunir la suma representada por aquella letra! Y ¿quién sabe si ya la habrá gastado toda?

Guardapelo... Aquí aparece una mujer que le da pelo la víspera de la separación... ¡Indudablemente, el dueño de la cartera era joven, y cuando escribió esto, amaba!... ¿Ama todavía? Se separó de ella. ¿La ha vuelto a ver? ¿Llevará consigo el guardapelo que compró aquel día y en que encerró un bucle de su amada? ¡Ojalá hayan sido felices estos amantes! ¡Ojalá lo sean! Pero ¿sería su novia?, o sería... ¡Adelante!

Calzado... ¿Lo llevaría puesto cuando perdió el libro? ¿Tendrá bonito pie? ¿Será verdaderamente elegante? ¿Será guapo? ¿Me gustaría a mí si lo viera? ¿Lo habré visto alguna vez?

Gorra... ¡Para el viaje sin duda! Supongo que viajó solo. Si yo hubiera viajado también, y me hubiese encontrado con él en diligencia o en un mismo vagón, quizá lo habría mirado con indiferente desvío... Es casi seguro. ¡Y hoy me interesa este hombre! ¿Por qué? ¡Ah! Lo comprendo. ¡Por que estoy oyendo un monólogo suyo; porque he sorprendido su confesión; porque estoy asomada a su alma; porque he visto esta alma antes que su cuerpo, antes que la sospechosa figura del comediante del teatro social!

Sortija... ¡Esto se agrava! ¿Por qué regala una sortija? ¡Semejante regalo, si se hace por un soltero a una soltera, equivale a unos desposorios!... Decididamente, nuestro hombre tiene dueño; no se pertenece, es de otra, ¡y yo he hecho mal en encontrarme..., digo, en leer estos apuntes! Tampoco tiene perdón su descuido! ¡Extraviar una cartera que no es suya por completo! Pero ¿y si la sortija es para él? ¿Y si se la estaban componiendo, y solo tenía que recogerla?... ¡Oh!, no. ¡La sortija era para ella! ¡La sortija es hermana del guardapelo y de los retratos! En el fondo de todo ello hay una despedida amorosa de las más tiernas, solemnes e importantes... Pero ¿cuánto tiempo hará que escribió esta hoja? ¡Vamos despacio! ¿Acaso tengo que hacer otra cosa que leerme toda la cartera?

Maleta... ¡Ya estoy deseando que eche a andar y cambie de pueblo! Pero ¿y si salía de Madrid? ¿Y a mí qué me importa? ¡Pues no estoy poco preocupada con el tal librito! Volvamos la hoja, a ver si se aclaran tantos enigmas...

En la segunda hoja había esta otra lista de quehaceres.

Despedidas

Federico.	Marquesa.
Las de Gómez.	Don Manuel.
Casino.	Mis primas.

Señor cura.	Pepa.
Ramona.	Juan.
Lolilla.	Ella.
Botica.	

Juanita experimentó un indefinible malestar al leer tantos nombres, y, sobre todo, el pronombre que servía de remate a la lista. Dijérase que ya deseaba que no se aclarasen demasiado las incógnitas... Y, en verdad, ¿qué interés podrían ofrecerle aquel libro y aquel hombre desde el punto y hora en que la biografía y la novia de éste le fuesen tan conocidas como las de cualquiera de los jóvenes que solían visitarla? ¡Lo indeterminado, lo anónimo, lo de aprovechamiento común para las ilusiones de una imaginación descontentadiza...; he aquí lo único interesante para nuestra amiga Juana!... Pudo más en ella, sin embargo, la curiosidad que el miedo a un desencanto absoluto, y continuó en su temerario examen.

Federico... (pensó volviendo a repasar aquella lista). Este Federico sería el amigo íntimo del joven en la población de que acaba de llegar... También pudiera ser su hermano y ¡hasta quién sabe si un cuñado futuro!... Ya veremos...

Las de Gómez... Poco menos que nada... ¡Algunas solteronas amigas de su madre, de las que el pobre tendría que despedirse por pura condescendencia!... ¡No me importan estas señoras de Gómez!

Casino... ¡Malo! ¿Si será jugador?... De cualquier modo, no es en los Casinos donde los hombres ganan ni aprenden cosa buena... Sin embargo, en varios de ellos suele haber biblioteca, gabinete de lectura, revistas nacionales y extranjeras... En fin, ¡pase!..., aunque el dato es algo sospechoso.

Señor cura... ¡Esto me agrada! ¡Celebro que se despida de un sacerdote a quien nombra con tanto respeto! Pero ¿quién sabe? ¡Acaso el joven necesitaba una partida de bautismo! ¡Tal vez se trata aquí de un casamiento secreto a la hora de marchar!... No olvidemos lo de la sortija...

Ramona... Si más adelante no se hablase de una ella esta Ramona me daría más que pensar. Pero Ramona no es ella; Ramona es una amiga de la amada, o una amada de segunda clase; tal vez una confidente; puede que una parienta; quizá una hermana casada...

Lolilla... Véase una circunstancia que me enamora. Esta es una graciosa niña, una de esas amistades en miniatura, uno de esos amorcillos en capullo, una de esas adoraciones hacia un ángel, que denotan bondad y dulzura en el alma de los jóvenes que se consagran a tan puro, inocente y delicado culto. Lolilla debe tener diez años cuando más, y ser hija de la casa que más frecuentaba el joven en aquel pueblo. ¡Acaso será la hermana menor de ella!

Botica... No lo dudo. Aquí se trata de una de esas tertulias, diurnas que tanto abundan en las provincias, tertulia de antes y de después de comer, o sea, de por la mañana y de por la tarde; tertulia de hombres solos; tertulia política, minera o cazadora, en que se juega a las damas o al ajedrez, y a la que van a confluir incidentalmente todas las noticias, todos los cuentos, todas las murmuraciones de la ciudad... Convengamos, pues, en que nuestro héroe no iba a la botica por medicamentos.

Marquesa... ¡Otra prueba de que el joven es distinguido y elegante! Por lo demás, la marquesa puede ser la madre de Lolilla. Desde luego tenía tertulia..., o, por mejor decir, recibía corte, y éste era de los predilectos. ¡Vaya una vida varia y complicada! Empiezo a descubrir inquietud y agitación en el espíritu de mi desconocido. Un hombre tan pródigo de sí propio, no podía ser feliz... ¿Qué digo? ¡No lo era, en el mero hecho de huir tanto de sí mismo para distribuirse entre los demás, o para alimentarse de existencias ajenas!

Don Manuel... Una amistad heredada de su padre: un tutor; un curador; un consejero. Empiezo a creer que el joven es huérfano. ¡Cómo lo voy conociendo ya!

Mis primas... ¡Ah! ¡Las primitas! ¡Parentesco hipócrita, equívoco, ocasionado al amor! Este parentesco cambia de naturaleza, según que los consanguíneos se agradan más o menos. Un primo feo es un insípido hermano: un primo bello es el más peligroso y puede ser el más adorado de los hombres. Pues lo mismo les pasa a los primos con las primas... Por fortuna, la especie está aquí citada en plural...; y, sobre todo, no olvidemos que más adelante hay una ella por antonomasia.

Pepa...

Juan... Estos dos nombres me resultan opacos. Quizá será por su proximidad al que viene después. Supongamos cualquier cosa. Pepa puede haber sido su nodriza. Todo es de suponer en un hombre tan sensible y afectuoso como el que se retrata en esta cartera. Veamos, pues, en Juan a un antiguo criado, y lleguemos a la última apuntación...

Ella... ¡Ningún nombre más claro, más diáfano, más expresivo que el de esta innominada! ¡Ella es ella! Pero ¿quién es ella?

Aquí el propio exceso de claridad impidió a la joven fijarse en conjeturas determinadas, y quedose como sumida en sus propias ideas, sin poder deslindar ni escoger ninguna; al modo que nada ve, en fuerza de ver tanto, quien abre de pronto los ojos a un horizonte dorado por el Sol.

Es decir, que el Sol... de los amores deslumbró a Juanita, lo cual la honra; pues los ojos de una doncella bien nacida y bien criada no deben poder soportar de buenas a primeras los fulgores del astro de las almas.

Mucho tiempo permaneció así la joven, mirando y no viendo, o viendo y no pensando, o pensando de una manera informe...

De pronto reparó en su situación; y, como mujer fuerte que era, avergonzose de aquella debilidad, de aquel espionaje, de aquella asomada al cercado ajeno, de aquella envidia que empezaba a raerle el corazón y volvió la hoja.

III

La hoja siguiente (que Juanita leyó de una tirada y sin entregarse a análisis ni reflexiones, pues empezaba a sentir un inexplicable mal humor) decía así:

Encargos

Cavatina de Hernani; calle del Príncipe, almacén de Carrafa.
Visita a la hermana de don Manuel, Jacometrezo, 16.
Suscribir a La Época a don Manuel: me dio el dinero.
Figurines a Pepa.
Revólver para el marqués; entregárselo a su sobrino.

Clases pasivas. Viudedad de mi prima.
Monte de Piedad. Reloj de Federico; llevo la papeleta.

Venía a Madrid... (fue lo único que pensó Juanita al acabar de leer aquella hoja). Está en Madrid... (murmuró luego), puesto que aquí acaba de perdérsele la cartera...
Y volvió la hoja...
La otra contenía solo este apunte:

Salí de Jaén el 8 de septiembre de 186...

¡Hace ocho meses! —pensó Juanita—. ¡Y es andaluz!
Más adelante, después de unas hojas en blanco, leyó lo siguiente:

Ministro..., calle Ancha de San Bernardo, número...
General..., Luna, número...
Don Miguel..., Plaza de Oriente, número...
Eduardo... Jacometrezo, número...

Vino a pretender (reflexionó Juanita).
¡Le compadezco!
La siguiente hoja decía:

Eduardo...	5.36
Al vizconde...	13.730
El conde me debe a mí...	580

—¡Ha jugado! —exclamó la joven con terror y pena.
Y ajustó la cuenta y añadió:
Perdió en una noche 18.310 reales. O, por mejor decir, quedó a deber esta cantidad, después de perder todo lo que tenía. ¡Voló la letra! Y no ha pagado, puesto que el apunte está sin borrar. ¡Desventurado joven!

Escribí a C...   el 15 de diciembre.

Le escribí de nuevo el 6 de enero.

Concluí con C...   el 18 de enero.

La carta suya que rompí era del 15 de enero.

Juanita volvió a quedarse absorta y con los ojos clavados en el libro. Mil sensaciones agitaron su corazón en un minuto, sin que se diera cuenta ni de una sola. Al fin exclamó para sí misma:

—¿Culpa de ella, o culpa de él?

Seguían muchas hojas blancas. Luego venía esta nota, escrita con tinta en medio de una página, como una especie de epitafio:

Se casó Carmen
el 23 de enero de 186...
R. I. P.
Juanita sintió frío dentro de los huesos.
Luego encontró esta lista:

Casa	2.760
Sastre	2.300
Zapatero	460
Guantero	300
Fonda	680
Fernando	3.000
Revendedor	200»

¡Me da miedo esta cartera! (pensó Juanita, cerrando el libro, pero no sin dejar un dedo dentro, como registro del punto por donde iba).

Y resolvió no leer más, y cinco segundos después leía estas palabras, escritas por otra mano en la página siguiente:

Domingo de piñata. Teatro Real. A las cuatro de la madrugada.
La Máscara blanca jura enseñarte la cara antes de un mes.
La Máscara blanca.

Debajo había esta apuntación, de letra del joven de Jaén:

La Máscara blanca llevaba una pulsera con estas iniciales: A. C.

¡Y, sin embargo, este joven no era malo! (se dijo Juanita). La culpa ha sido de ella. La culpa es también de Madrid. La culpa es de la suerte, que no puso en su camino una mujer como yo. ¡El amigo de Lolilla y del señor cura; el que se despidió del cementerio; el que tan tiernamente se separó de ella..., era bueno, era sencillo, era digno!

Después de una pausa, la joven recorrió algunas hojas y encontró estas líneas escritas acá y allá en diferentes páginas:

El pagaré vence el 19 de mayo.

El director vive: Montera, número...

Sus padrinos son el coronel y don Luis.

Murió el señor cura el 10 de abril.

Recibido de mis primas	3.500
	1.800
	600

Vendí el cortijo en 30 de abril, en 80.000 reales.

Juanita respiró.
Luego encontró esta nota, que aumentó sus terrores:

12 de mayo. ¡Noche horrible!	
Debo al coronel	27.000
al barón	115.000

Por la mañana me habían desengañado el ministro y el director.
¡Día completo el de ayer!

Juanita saltó algunas hojas sin reparar en lo que contenían, ansiosa de encontrar el desenlace de aquella tragedia.

Sus ojos se fijaron en esta nota, solo porque tenía guarismos:

Billete hasta Jaén	240
Ropa y calzado	800
Camino	100
	1.401

—¡Se va! —exclamó la joven—. ¡Vaya con Dios! Pero ¿qué le aguarda en Jaén después de casada ella? ¡Y cuán pobre emprende su viaje! ¡Ochocientos reales para ropa y calzado! ¡Oh! ¿Y el pagaré de 19 de mayo? ¿Qué hará para satisfacerlo?

La hoja siguiente estaba toda escrita, y decía de este modo:

Hoy, 17 de mayo, he jurado a la máscara blanca no quitarme la vida. Diome lástima de ella, no de mí. Y eso que ella no me importa nada, ni puede importarme. Lo que no es bueno no es digno de estimación, y esa mujer no es buena, puesto que me ama más que a la virtud, más que a sus deberes. Esa mujer es ingrata con otro, y su amor cae sobre mis heridas como una ponzoña que las envenena.

Todos me han engañado; todos me han aconsejado mal: todos me han perdido. Ella (¡mi C...!), los poderosos que me ofrecieron ayuda, mis amigos, mis camaradas... todos me han vendido negramente... ¡todos, y yo también! ¡Yo le he desconocido a mí mismo; me he desoído; me he maltratado; me he hecho más mal que todos juntos!

¡Sueños de amor y felicidad! ¡Paz de la conciencia! ¡Inefable frución de la justicia! ¡Noble ambición! ¡Varoniles esperanzas! ¡Entusiasmos de la juventud! ¿Dónde sois idos? ¿Dónde estáis ya? ¿Qué me resta sin vosotros?

Me resta un corazón más tierno, más ardiente, más sediento de amor y felicidad que el primer día... Pero ¿qué soy para el mundo? ¿Cómo apareceré a los ojos de los demás? ¡Como un calavera arruinado, como un jugador perdido!

Y, sin embargo, yo detesto el juego; yo jugué la primera vez por docilidad, por complacer a mis amigos, y luego por desquitarme, por redimir lo que no podía perder, lo que necesitaba para vivir.

Más ¿a qué viene el estampar aquí esta confesión? ¡Lo cierto es que me consuela y me alivia el hablar con estas mudas páginas, el confiarme a ellas, el mirarme tal cual soy en su fidelísimo espejo! Además, preveo mi próxima muerte, y quiero que el mundo pueda hacerme justicia leyendo todo lo que aquí escribo. Debo este desagravio a mi nombre, a la memoria de mis padres, a la familia que me queda en Jaén y a los amigos que tuve en Madrid, bien que todos éstos me hayan vuelto la espalda al verme sin dinero y sin alegría.

¡Oh Dios mío, qué solo estoy!

Tenemos la seguridad de que si Juanita hubiera sabido dónde vivía el dueño de la cartera, habría rogado a su padre que volase a su casa y lo librara de las garras del suicidio, que ya se cernía sobre su cabeza...

Creemos más: creemos que Juanita, con su espíritu superior, había abarcado toda el alma de aquel joven, y hallándola muy digna de compasión, capaz de enmienda, merecedora de dicha, propia para hacer la felicidad de otras almas...

Pero continuemos.

Al librito le quedaban ya pocas hojas. En una de ellas había esta especie de codicilo, que completaba el testamento que acabamos de leer:

El amor es un sueño del hombre. Cualquiera otra mujer me habría proporcionado el mismo desengaño que Carmen...

—¡Mentira! —gritó Juanita, visiblemente agitada.

Nunca habría yo encontrado la mujer digna, tierna, generosa y resignada que hubiera podido hacerme dichoso. Una mujer así no existe...

—¡Pobre loco! —respondió Juanita—. No hay nada tan de sobra como una mujer semejante.

Ni ¿quién acogería a un hombre arruinado —continuaba diciendo el libro—, a un hombre que solo podría ya vivir a costa de su trabajo, como un jornalero?...

—¡Necio sin fe! ¡Yo te acogería, siempre que fuera verdad tu arrepentimiento!...

No había acabado de formular Juanita aquella frase, cuya sublime vehemencia enrojeció su rostro, cuando sus ojos encontraron los siguientes renglones, que la hicieron palidecer horriblemente:

¡Pobre Lolilla! ¡Cómo va a llorarme!

Advierto a cierta Máscara blanca, que su actual situación con E... me releva del juramento que le hice de vivir.

¡Dios tenga piedad de mi alma, tratada tan sin piedad en este mundo!

¡Yo mismo me doy la muerte!

Julio de Cardela.

Aquí concluía el libro.

Juanita buscó en las hojas restantes, y no encontró nada.

Entonces dio un grito, y reparó en que estaba llorando...

Trémula y convulsa, levantose y corrió hacia el gabinete de su madre...; pero, al pasar por el recibimiento, se encontró con su padre, que entraba de vuelta de paseo.

—¡Ah, papá!... —exclamó fuera de sí.

—¿Qué es esto, hija mía? ¿Qué pasa? —gritó el anciano, lleno de terror al ver a Juanita en aquel estado.

—¡Julio de Cardela!... ¿No sabe usted?...

—¿Qué? ¿Le conocías?

—¿Cómo?

—Acaba de levantarse la tapa de los sesos con un revólver en medio de la Puerta del Sol, delante de cien personas. ¡No hay ejemplo de un suicidio tan escandaloso, tan cruel, tan repugnante! Yo he visto el cadáver en el patio del Principal, donde lo han depositado provisionalmente. Un caballero de Jaén ha reconocido en el suicida a un paisano suyo, y ha dicho su nombre... ¡Qué barbaridad! ¡Te digo que aquel espectáculo me ha conmovido mucho!... Pero tú, hija mía, ¿por qué lloras? ¿Conocías acaso a ese joven?

Juanita guardó silencio, y entregó a su padre el librito de memorias. La pobre niña no podía hablar; la ahogaban los sollozos.

—¿Un libro de memorias? ¿Acaso era suyo? Responde...

—¡Suyo, sí! —pudo contestar al cabo Juanita.

—¿Y quién te lo ha dado?

—Me lo encontré hace una hora en la plazuela de Santa Ana, y acabo de leerlo. Léalo usted.

—Sí; lo leeré, y enseguida se lo entregaré a los tribunales. Esto es curioso... Vaya..., serénate, y di que pongan la comida.

EL CLAVO. CAUSA CÉLEBRE

Prólogo

Felipe encendió un cigarro y habló de esta manera:

Fin del prólogo

I. El número 1

Lo que más ardientemente desea todo el que pone el pie en el estribo de una diligencia para emprender un largo viaje, es que los compañeros de departamento que le toquen en suerte sean de amena conversación y tengan sus mismos gustos, sus mismos vicios, pocas impertinencias, buena educación y una franqueza que no raye en familiaridad.

Porque, como ya han dicho y demostrado Larra Kock, Soulié y otros escritores de costumbres, es asunto muy serio esa improvisada e íntima reunión de dos o más personas, que nunca se han visto ni quizás han de volver a verse sobre la Tierra, y destinadas, sin embargo, por un capricho del azar, a codearse dos o tres días, a almorzar, comer y cenar juntas, a dormir una encima de otra, a manifestarse, en fin, recíprocamente con ese abandono y confianza que no concedemos ni aun a nuestros mayores amigos; esto es, con los hábitos y flaquezas de casa y de familia.

Al abrir la portezuela acuden tumultuosos temores a la imaginación. Una vieja con asma, un fumador de mal tabaco, una fea que no tolere el humo del bueno, una nodriza que se maree de ir en carruaje, angelitos que lloren y demás, un hombre grave que ronque, una venerable matrona que ocupe asiento y medio, un inglés que no hable el español (supongo que vosotros no habláis el inglés), tales son, entre otros, los tipos que teméis encontrar.

Alguna vez acariciáis la dulce esperanza de hallaros con una hermosa compañera de viaje; por ejemplo, con una viudita de veinte a treinta años (y aun de treinta y seis), con quien sobrellevar a medias las molestias del camino; pero no bien os ha sonreído esta idea, cuando os apresuráis a desecharla melancólicamente, considerando que tal ventura sería demasiada para un simple mortal en este valle de lágrimas y despropósitos.

Con tan amargos recelos ponía yo el pie en el estribo de la berlina de la diligencia de Granada a Málaga, a las once menos cinco minutos de una noche del otoño de 1844; noche oscura y tempestuosa por más señas.

Al penetrar en el coche, con el billete número 2 en el bolsillo, mi primer pensamiento fue saludar a aquel incógnito número 1 que me traía inquieto antes de serme conocido.

Es de advertir que el tercer asiento de la berlina no estaba tomado, según confesión del mayoral en jefe.

—¡Buenas noches! —dije, no bien me senté, enfilando la voz hacia el rincón en que suponía a mi compañero de jaula.

Un silencio tan profundo como la oscuridad reinante siguió a mis buenas noches.

—¡Diantre! —pensé—: ¿si será sordo... o sorda mi epiceno cofrade?

Y, alzando más la voz, repetí:

—¡Buenas noches!

Igual silencio sucedió a mi segunda salutación.

—¿Si será mudo? —me dije entonces.

A todo esto, la diligencia había echado a andar, digo, a correr, arrastrada por diez briosos caballos.

Mi perplejidad subía de punto.

—¿Con quién iba? ¿Con un varón? ¿Con una hembra? ¿Con una vieja? ¿Con una joven? ¿Quién, quién era aquel silencioso número 1?

Y, fuera quien fuese, ¿por qué callaba? ¿Por qué no respondía a mi saludo? ¿Estaría ebrio? ¿Se habría dormido? ¿Se habría muerto? ¿Sería un ladrón?...

Era cosa de encender luz. Pero yo no fumaba entonces, y no tenía fósforos...

¿Qué hacer?

Por aquí iba en mis reflexiones, cuando se me ocurrió apelar al sentido del tacto, pues que tan ineficaces eran el de la vista y el del oído...

Con más tiento, pues, que emplea un pobre diablo para robarnos el pañuelo en la Puerta del Sol, extendí la mano derecha hacia aquel ángulo del coche.

Mi dorado deseo era tropezar con una falda de seda, o de lana, y aun de percal...

Avancé, pues...

¡Nada!

Avancé más; extendí todo el brazo...

¡Nada!

Avancé de nuevo; palpé con entera resolución, en un lado, en otro, en los cuatro rincones, debajo de los asientos, en las correas del techo

¡Nada..., nada!

En este momento brilló un relámpago (ya he dicho que había tempestad), y a su luz sulfúrea vi ¡que iba completamente solo!

Solté una carcajada, burlándome de mí mismo, y precisamente en aquel instante se detuvo la diligencia.

Estábamos en el primer relevo.

Ya me disponía a preguntarle al mayoral por el viajero que faltaba, cuando se abrió la portezuela, y, a la luz de un farol que llevaba el zagal, vi... ¡Me pareció un sueño lo que vi!

Vi poner el pie en el estribo de la berlina (¡de mi departamento!) a una hermosísima mujer, joven, elegante, pálida, sola, vestida de luto...

Era el número 1; era mi antes epiceno compañero de viaje; era la viuda de mis esperanzas; era la realización del sueño que apenas había osado concebir; era el non plus ultra de mis ilusiones de viajero ¡Era ella!

Quiero decir: había de ser ella con el tiempo.

II. Escaramuzas

Luego que hube dado la mano a la desconocida para ayudarla a subir, y que ella tomó asiento a mi lado, murmurando un «Gracias... Buenas noches...» que me llegó al corazón, ocurrióseme esta idea tristísima y desgarradora:

—¡De aquí a Málaga solo hay dieciocho leguas! ¡Que no fuéramos a la península de Kamtchatka!

Entretanto se cerró la portezuela y quedamos a oscuras.

Esto significaba ¡no verla!

Yo pedía relámpagos al cielo, como el Alfonso Munio de la señora Avellaneda, cuando dice:

¡Horrible tempestad, mándame un rayo!
Pero ¡oh dolor! La tormenta se retiraba ya hacia el mediodía.

Y no era lo peor no verla, sino que el aire severo y triste de la gentil señora me había impuesto de tal modo, que no me atrevía a cosa ninguna...

Sin embargo, pasados algunos minutos, le hice aquellas primeras preguntas y observaciones de cajón, que establecen poco a poco cierta intimidad entre los viajeros:

—¿Va usted bien?
—¿Se dirige usted a Málaga?
—¿Le ha gustado a usted la Alambra?
—¿Viene usted de Granada?
—¡Está la noche húmeda!
A lo que respondió ella:
—Gracias.
—Sí.
—No, señor.
—¡Oh!
—¡Pchis!
Seguramente mi compañera de viaje tenía poca gana de conversación.

Dediqueme, pues, a coordinar mejores preguntas, y, viendo que no se me ocurrían, me puse a reflexionar.

¿Por qué había subido aquella mujer en el primer relevo de tiro, y no desde Granada?

¿Por qué iba sola?
¿Era casada?
¿Era viuda?
¿Era...?
¿Y su tristeza? ¿quare causa?

Sin ser indiscreto no podía hallar la solución de estas cuestiones y la viajera me gustaba demasiado para que yo corriese el riesgo de parecerle un hombre vulgar dirigiéndole necias preguntas.

¡Cómo deseaba que amaneciera!

De día se habla con justificada libertad…, mientras que la conversación a oscuras tiene algo de tacto, va derecha al bulto, es un abuso de confianza…

La desconocida no durmió en toda la noche, según deduje de su respiración y de los suspiros que lanzaba de vez en cuando…

Creo inútil decir que yo tampoco pude coger el sueño.

—¿Está usted indispuesta? —le pregunté una de las veces que se quejó.

—No, señor; gracias. Ruego a usted que se duerma descuidado —respondió con seria afabilidad.

—¡Dormirme! —exclamé.

Luego añadí:

—Creí que padecía usted…

—¡Oh! No…, no padezco —murmuró blandamente, pero con un acento en que llegué a percibir cierta amargura.

El resto de la noche no dio de sí más que breves diálogos como el anterior.

Amaneció al fin…

¡Qué hermosa era!

Pero ¡qué sello de dolor sobre su frente! ¡Qué lúgubre oscuridad en sus bellos ojos! ¡Qué trágica expresión en todo su semblante! Algo muy triste había en el fondo de su alma.

Y, sin embargo, no era una de aquellas mujeres excepcionales, extravagantes, de corte romántico, que viven fuera del mundo devorando algún pesar o representando alguna tragedia…

Era una mujer a la moda, una elegante mujer, de porte distinguido, cuya menor palabra dejaba traslucir una de esas reinas de la conversación y del buen gusto, que tienen por trono una butaca de su gabinete, una carretela en el Prado, o un palco en la ópera; pero que callan fuera de su elemento, o sea, fuera del círculo de sus iguales.

Con la llegada del día se alegró algo la encantadora viajera, y ya consistiese en que mi circunspección de toda la noche y la gravedad de mi fisonomía le inspirasen buena idea de mi persona, ya en que quisiera recompensar al hombre a quien no había dejado dormir, fue el caso que inició a su vez las cuestiones de ordenanza:

—¿Dónde va usted?

—¡Va a hacer buen día!

—¡Qué hermoso paisaje!

A lo que yo contesté más extensamente de lo que ella me había contestado a mí.

Almorzamos en Colmenar.

Los viajeros del interior y de la rotonda eran personas poco tratables.

Mi compañera se redujo a hablar conmigo.

Excusado, es decir, que yo estuve enteramente consagrado a ella y que la atendí en la mesa como a una persona real.

De vuelta en el coche, nos tratábamos ya con alguna confianza.

En la mesa habíamos hablado de Madrid, y hablar bien de Madrid a una madrileña que se halla lejos de la corte, es la mejor de las recomendaciones.

¡Porque nada es tan seductor como Madrid perdido!

—¡Ahora o nunca, Felipe —me dije entonces—. Quedan ocho leguas Abordemos la cuestión amorosa...

III. Catástrofe

¡Desventurado! No bien dije una palabra galante a la beldad, conocí que había puesto el dedo sobre una herida...

En el momento perdí todo lo que había ganado en su opinión.

Así me lo dijo una mirada indefinible que cortó la voz en mis labios.

—Gracias, señor, gracias —me dijo luego, al ver que cambiaba de conversación.

—¿He enojado a usted, señora?

—Sí; el amor me horroriza. ¡Qué triste es inspirar lo que se siente! ¿Qué haría yo para no agradar a nadie?

—¡Algo es menester que usted haga, si no se complace en el daño ajeno!... —repuse muy seriamente—. La prueba es que aquí me tiene pesaroso de haberla conocido... ¡Ya que no feliz, por lo menos yo vivía ayer en paz..., y ya soy desgraciado, puesto que la amo a usted sin esperanza!

—Le queda a usted una satisfacción, amigo mío... —replicó ella sonriendo.

—¿Cuál?

—Que si no acojo su amor, no es por ser suyo, sino porque es amor. Puede usted, pues, estar seguro de que ni hoy, ni mañana, ni nunca obtendrá otro hombre la correspondencia que le niego. ¡Yo no amaré jamás a nadie!

—Pero ¿por qué, señora?

¡Porque el corazón no quiere, porque no puede, porque no debe luchar más! ¡Porque he amado hasta el delirio y he sido engañada! En fin, porque aborrezco el amor.

—¡Magnífico discurso! Yo no estaba enamorado de aquella mujer. Inspirábame curiosidad y deseo, por lo distinguida y por lo bella, pero de esto a una pasión había todavía mucha distancia.

Así, pues, al escuchar aquellas dolorosas y terminantes palabras dejó la contienda mi corazón de hombre y entró en ejercicio mi imaginación de artista. Quiere esto decir que comencé a hablar a la desconocida un lenguaje filosófico y moral del mejor gusto, con el que logré reconquistar su confianza, o sea, que me dijese algunas otras generalidades melancólicas del género Balzac.

Así llegamos a Málaga.

Era el instante más oportuno para saber el nombre de aquella singularísima señora.

Al despedirme de ella en la Administración, le dije cómo me llamaba, la casa donde iba a parar y mis señas en Madrid.

Ella me contestó con un tono que nunca olvidaré:

—Doy a usted mil gracias por las amables atenciones que le he merecido durante el viaje, y le suplico que me dispense si le oculto mi nombre, en vez de darle uno fingido, que es con el que aparezco en la hoja...

—¡Ah! —respondí—: ¡luego nunca volveremos a vernos!

—¡Nunca!; lo cual no debe pesarle.

Dicho esto, la joven sonrió sin alegría, tendiome una mano con exquisita gracia, y murmuró:

—Pida usted a Dios por mí.

Yo estreché su mano linda y delicada, y terminé con un saludo aquella escena, que empezaba a hacerme mucho daño.

En esto llegó un elegante coche al parador.

Un lacayo con librea negra avisó a la desconocida.

Subió ella al carruaje; saludome de nuevo, y desapareció por la Puerta del Mar.

Dos meses después volví a encontrarla.

Sepamos dónde.

IV. Otro viaje

A las dos de la tarde del 1.º de noviembre de aquel mismo año caminaba yo sobre un mal rocín de alquiler por el arrecife que conduce a •••, villa importante y cabeza de partido de la provincia de Córdoba.
Mi criado y el equipaje iban en otro rocín mucho peor.

Dirigíame a ••• con objeto de arrendar unas tierras y permanecer tres o cuatro semanas en casa del juez de primera instancia, íntimo amigo mío, a quien conocí en la Universidad de Granada cuando ambos estudiábamos jurisprudencia, y donde simpatizamos, contrajimos estrecha amistad y fuimos inseparables. Después no nos habíamos visto en siete años.

Según iba aproximándome a la población término de mi viaje, llegaba más distintamente a mis oídos el melancólico clamoreo de muchas campanas que tocaban a muerto...

Maldita la gracia que me hizo tan lúgubre coincidencia...

Sin embargo, aquel doble no tenía nada de casual, y yo debí contar con él, en atención a ser víspera del día de Difuntos.

Llegué, con todo, muy de mal humor a los brazos de mi amigo, que me aguardaba en las afueras del pueblo.

Él advirtió al momento mi preocupación, y después de los primeros saludos:

—¿Qué tienes? —me dijo, dándome el brazo, en tanto que sus criados y el mío se alejaban con las cabalgaduras.

—Hombre, seré franco —le contesté—. Nunca he merecido, ni pienso merecer, que me eleven arcos de triunfo; nunca he experimentado ese inmenso júbilo que llenará el corazón de un grande hombre en el momento que un pueblo alborozado sale a recibirlo, mientras que las campanas repican a vuelo; pero...

—¿Adónde vas a parar?

—A la segunda parte de mi discurso. Y es: que si en este pueblo no he experimentado los honores de la entrada triunfal, acabo de ser objeto de otros muy parecidos, aunque enteramente opuestos. ¡Confiesa, oh juez de palo, que esos clamores funerales que solemnizan mi entrada en ••• hubieran contristado al hombre más jovial del universo!

—¡Bravo, Felipe! —replicó el juez, a quien llamaremos Joaquín Zarco—. ¡Vienes muy a mi gusto! Esa melancolía cuadra perfectamente a mi tristeza...

—¡Tú triste!... ¿De cuándo acá?

Joaquín se encogió de hombros, y no sin trabajo retuvo un gemido...

Cuando dos amigos que se quieren de verdad vuelven a verse después de larga separación, parece como que resucitan todas las penas que no han llorado juntos.

Yo me hice el desentendido por el momento, y hablé a Zarco de cosas indiferentes.

En esto penetramos en su elegante casa.

—¡Diantre, amigo mío! —no pude menos de exclamar—. ¡Vives muy bien alojado!... ¡Qué orden, qué gusto en todo! ¡Necio de mí!... Ya caigo... Te habrás casado...

—No me he casado... —respondió el juez con la voz un poco turbada—. ¡No me he casado, ni me casaré nunca!...

—Que no te has casado, lo creo, supuesto que no me lo has escrito... ¡Y la cosa valía la pena de ser contada! Pero eso de que no te casarás nunca, no me parece tan fácil ni tan creíble.

—¡Pues te lo juro! —replicó Zarco solemnemente.

¡Qué rara metamorfosis! —repuse yo—. Tú, tan partidario siempre del séptimo sacramento; tú, que hace dos años me escribías aconsejándome que me casara, ¡salir ahora con esa novedad!... Amigo mío, ¡a ti te ha sucedido algo, y algo muy penoso!

—¿A mí? —dijo Zarco estremeciéndose.

—¡A ti! —proseguí yo—. ¡Y vas a contármelo! Tú vives aquí solo, encerrado en la grave circunspección que exige tu destino, sin un amigo a quien referir tus debilidades de mortal... Pues bien; cuéntamelo todo, y veamos si puedo servirte de algo.

El juez me estrechó las manos, diciendo:

—Sí..., sí... ¡Lo sabrás todo, amigo mío!

¡Soy muy desventurado!

Luego se serenó un poco, y añadió secamente:

—Vístete. Hoy va todo el pueblo a visitar el cementerio, y parecería mal que yo faltase. Vendrás conmigo. La tarde está buena, y te conviene andar a pie, para descansar del trote del rocín. El cementerio se halla situado en medio de un hermoso campo, y no te disgustará el paseo. Por el camino te contaré la historia que ha acibarado mi existencia, y verás si tengo o no tengo motivos para renegar de las mujeres.

Una hora después caminábamos Zarco y yo en dirección al cementerio.

Mi pobre amigo me habló de esta manera:

V. Memorias de un juez de primera instancia

I

Hace dos años que, estando de promotor fiscal en •••, obtuve licencia para pasar un mes en Sevilla.

En la fonda en que me hospedé vivía hacía algunas semanas cierta elegante y hermosísima joven, que pasaba por viuda, cuya procedencia, así como el objeto que la retenía en Sevilla, eran un misterio para los demás huéspedes.

Su soledad, su lujo, su falta de relaciones y el aire de tristeza que la envolvía, daban pie a mil conjeturas; todo lo cual, unido a su incomparable belleza y a la inspiración y gusto con que tocaba el piano y cantaba, no tardó en despertar en mi alma una invencible inclinación hacia aquella mujer.

Sus habitaciones estaban exactamente encima de las mías; de modo que la oía cantar y tocar, ir y venir, y hasta conocía cuándo se acostaba, cuándo se levantaba y cuándo pasaba la noche en vela —cosa muy frecuente—. Aunque en lugar de comer en la mesa redonda se hacía servir en su cuarto, y no iba nunca al teatro, tuve ocasión de saludarla varias veces, ora en la escalera, ora en alguna tienda, ora de balcón a balcón, y al poco tiempo los dos estábamos seguros del placer con que nos veíamos.

Tú lo sabes. Yo era grave, aunque no triste, y esta circunspección mía cuadraba perfectamente a la retraída existencia de aquella mujer; pues ni nunca le dirigí la palabra, ni procuré visitarla en su cuarto, ni la perseguí con enojosa curiosidad como otros habitantes de la fonda.

Este respeto a su melancolía debió de halagar su orgullo de paciente; dígolo, porque no tardó en mirarme con cierta deferencia, cual si ya nos hubiésemos revelado el uno al otro.

Quince días habían transcurrido de esta manera, cuando la fatalidad..., nada más que la fatalidad..., me introdujo una noche en el cuarto de la desconocida.

Como nuestras habitaciones ocupaban idéntica situación en el edificio, salvo el estar en pisos diferentes, eran sus entradas iguales. Dicha noche, pues, al volver del teatro subí distraído más escaleras de las que debía, y abrí la puerta de su cuarto, creyendo que era la del mío.

La hermosa estaba leyendo, y se sobresaltó al verme. Yo me aturdí de tal modo, que apenas pude disculparme, pero mi misma turbación y la prisa con que intenté irme, la convencieron de que aquella equivocación no era una farsa. Retúvome, pues, con exquisita amabilidad: para demostrarme —dijo— que creía en mi buena fe y que no estaba incomodada conmigo, acabando por suplicarme que me equivocara otra vez deliberadamente; pues no podía tolerar que una persona de mis condiciones de carácter pasase las noches en el balcón, oyéndola cantar (como ella me había visto), cuando su pobre habilidad se honraría con que yo le prestase atención más de cerca.

A pesar de todo, creí de mi deber no tomar asiento en aquella noche, y salí.

Pasaron tres días, durante los cuales tampoco me atreví a aprovechar el amable ofrecimiento de la bella cantora, aun a riesgo de pasar por descortés a sus ojos. ¡Y era que estaba perdidamente enamorado de ella; era que conocía que en unos amores con aquella mujer no podía haber término medio, sino delirio de dolor o delirio de ventura; era que le temía, en fin, a la atmósfera de tristeza que la rodeaba!

Sin embargo, después de aquellos tres días, subí al piso segundo.

Permanecí allí toda la velada: la joven me dijo llamarse Blanca, y ser madrileña y viuda: tocó el piano, cantó, hízome mil preguntas acerca de mi persona, profesión, estado, familia, etc., y todas sus palabras y observaciones me complacieron y enajenaron... Mi alma fue desde aquella noche esclava de la suya.

A la noche siguiente volví, y a la otra noche también, y después todas las noches y todos los días.

Nos amábamos, y ni una palabra de amor nos habíamos dicho.

Pero, hablando del amor, habíale yo encarecido varias veces la importancia que daba a este sentimiento, la vehemencia de mis ideas y pasiones, y todo lo que necesitaba mi corazón para ser feliz.

Ella, por su parte, me había manifestado que pensaba del mismo modo.

—Yo —dijo una noche— me casé sin amor a mi marido. Poco tiempo después... lo odiaba. Hoy ha muerto. ¡Solo Dios sabe cuánto he sufrido! Yo comprendo el amor de esta suerte: es la gloria, o es el infierno. Y para mí, hasta ahora, ¡siempre ha sido el infierno!

Aquella noche no dormí.

La pasé analizando las últimas palabras de Blanca.

¡Qué superstición la mía! Aquella mujer me daba miedo. ¿Llegaríamos a ser, yo su gloria y ella mi infierno?

Entretanto expiraba el mes de licencia.

Podía pedir otro pretextando una enfermedad... Pero ¿debía hacerlo?

Consulté a Blanca.

—¿Por qué me lo pregunta usted a mí? —repuso ella, cogiéndome una mano.

—Más claro. Blanca... —respondí—. Yo la amo a usted... ¿Hago mal en amarla?

—¡No! —respondió Blanca palideciendo.

Y sus ojos negros dejaron escapar dos torrentes de luz y de voluptuosidad...

II

—Pedí, pues, dos meses de licencia, y me los concedieron gracias a ti. ¡Nunca me hubieras hecho aquel favor!

Mis relaciones con Blanca no fueron amor; fueron delirio, locura, fanatismo.

Lejos de atemperarse mi frenesí con la posesión de aquella mujer extraordinaria, se exacerbó más y más: cada día que pasaba, descubría yo nuevas afinidades entre nosotros, nuevos tesoros de ventura, nuevos manantiales de felicidad...

Pero en mi alma, como en la suya, brotaban al propio tiempo misteriosos temores.

¡Temíamos perdernos! Esta era la fórmula de nuestra inquietud.

Los amores vulgares necesitan el miedo para alimentarse, para no decaer. Por eso se ha dicho que toda relación ilegítima es más vehemente que el matrimonio. Pero un amor como el nuestro hallaba recónditos pesares en su precario porvenir, en su inestabilidad, en su carencia de lazos indisolubles...

Blanca me decía:

—Nunca esperé ser amada por un hombre como tú; y, después de ti, no veo amor ni dicha posibles para mi corazón. Joaquín, un amor como el tuyo era la necesidad de mi vida: moría ya sin él; sin él moriría mañana... Dime que nunca me olvidarás.

—¡Casémonos, Blanca! —respondía yo.

Y Blanca inclinaba la cabeza con angustia.

—¡Sí, casémonos! —volvía yo a decir, sin comprender aquella muda desesperación.

—¡Cuánto me amas! —replicaba ella—. Otro hombre en tu lugar rechazaría esa idea, si yo se la propusiese. Tú, por el contrario...

—Yo, Blanca, estoy orgulloso de ti; quiero ostentarte a los ojos del mundo; quiero perder toda zozobra acerca del tiempo que vendrá; quiero saber que eres mía para siempre. Además, tú conoces mi carácter, sabes que nunca transijo en materias de honra... Pues bien: la sociedad en que vivimos llama crimen a nuestra dicha... ¿Por qué no hemos de redimirnos al pie del altar? ¡Te quiero pura, te quiero noble, te quiero santa! ¡Te amaré entonces más que hoy!... ¡Acepta mi mano!

—¡No puedo! —respondía aquella mujer incomprensible.

Y este debate se reprodujo mil veces.

Un día que yo peroré largo rato contra el adulterio y contra toda inmoralidad, Blanca se conmovió extraordinariamente; lloró, me dio las gracias y repitió lo de costumbre:

—¡Cuánto me amas! ¡Qué bueno, qué grande, qué noble eres!

A todo esto expiraba la prórroga de mi licencia.

Érame necesario volver a mi destino, y así se lo anuncié a Blanca.

—¡Separarnos! —gritó con infinita angustia.

—¡Tú lo has querido! —contesté.

—¡Eso es imposible!... Yo te idolatro, Joaquín.

—Blanca, yo te adoro.

—Abandona tu carrera... Yo soy rica...

—¡Viviremos juntos! —exclamó, tapándome la boca para que no replicara.

La besé la mano, y respondí:

—De mi esposa aceptaría esa oferta, haciendo todavía un sacrificio... Pero de ti...

—¡De mí! —respondió llorando—. ¡De la madre de tu hijo!

—¿Quién? ¡tú! ¡Blanca!...

—Sí..., Dios acaba de decirme que soy madre... ¡Madre por primera vez! ¡Tú has completado mi vida, Joaquín; y no bien gusto la fruición de esta bienaventuranza absoluta, quieres desgajar el árbol de mi dicha! ¡Me das un hijo y me abandonas tú!...

—¡Sé mi esposa, Blanca! —fue mi única contestación—. Labremos la felicidad de ese ángel que llama a las puertas de la vida.

Blanca permaneció mucho tiempo silenciosa.

Luego levantó la cabeza con una tranquilidad indefinible, y murmuró:

—Seré tu esposa.

—¡Gracias! ¡Gracias, Blanca mía!

—Escucha —dijo al poco rato—: no quiero que abandones tu carrera...

—¡Ah! ¡Mujer sublime!

—Vete a tu juzgado... ¿Cuánto tiempo tardarás en arreglar allí tus asuntos, solicitar del gobierno más licencia y volver a Sevilla?

—Un mes.

—Un mes... —repuso Blanca—. ¡Bien! Aquí te espero. Vuelve dentro de un mes, y seré tu esposa. Hoy somos 15 de abril... ¡El 15 de mayo sin falta!

—¡Sin falta!

—¿Me lo juras?

—Te lo juro.

—¡Aún otra vez! —replicó Blanca.

—Te lo juro.

—¿Me amas?

—Con toda mi vida.

—Pues vete, y ¡vuelve! Adiós...

Dijo, y me suplicó que la dejara y que partiese sin perder momento.

Despedime de ella, y partí a ••• aquel mismo día.

III

Llegué a •••.

Preparé mi casa para recibir a mi esposa; solicité y obtuve, como sabes, otro mes de licencia, y arreglé todos mis asuntos con tal eficacia, que al cabo de quince días me vi en libertad de volver a Sevilla.

Debo advertirte que durante aquel medio mes no recibí ni una sola carta de Blanca, a pesar de haberle yo escrito seis. Esta circunstancia me tenía vivamente contrariado. Así fue que, aunque solo había transcurrido la mitad del plazo que mi amada me concediera, salí para Sevilla, adonde llegué el día 30 de abril.

Inmediatamente me dirigí a la fonda que había sido nido de nuestros amores.

Blanca había desaparecido dos días después de mi partida, sin dejar razón del punto a que se encaminaba.

¡Imagínate el dolor de mi desengaño! ¡No escribirme que se marchaba! ¡Marcharse sin dejar dicho a dónde se dirigía! ¡Hacerme perder completamente su rastro! ¡Evadirse, en fin, como una criminal cuyo delito se ha descubierto!

Ni por un instante me ocurrió permanecer en Sevilla hasta el 15 de mayo aguardando a ver si regresaba Blanca... La violencia de mi dolor y de mi indignación, y el bochorno que sentía por haber aspirado a la mano de semejante aventurera, no dejaban lugar a ninguna esperanza, a ninguna ilusión, a ningún consuelo. Lo contrario hubiera sido ofender mi propia conciencia, que ya veía en Blanca el ser odioso y repugnante que el amor o el deseo habían disfrazado hasta entonces... ¡Indudablemente era una mujer liviana e hipócrita, que me amó sensualmente, pero que, previendo la habitual mudanza de su caprichoso corazón, no pensó nunca en que nos casáramos! Hostigada, al fin, por mi amor y mi honradez, había ejecutado una torpe comedia, a fin de escaparse impunemente. ¡Y en cuanto a aquel hijo anunciado con tanto júbilo, tampoco me cabía ya duda de que era otra ficción, otro engaño, otra sangrienta burla!... ¡Apenas se comprendía semejante perversidad en una criatura tan bella y tan inteligente!

Tres días nada más estuve en Sevilla, Y el 4 de mayo me marché a la corte, renunciando a mi destino, para ver si mi familia y el bullicio del mundo me hacían olvidar a aquella mujer, que sucesivamente había sido para mí la gloria y el infierno.

Por último, hace cosa de quince meses que tuve que aceptar el juzgado de este otro pueblo, donde, como has visto, no vivo muy contento que digamos; siendo lo peor de todo que, en medio de mi aborrecimiento a Blanca, detesto mucho más a las demás mujeres por la sencilla razón de que no son ella...

¿Te convences ahora de que nunca llegaré a casarme?

VI. El cuerpo del delito

Pocos segundos después de terminar mi amigo Zarco la relación de sus amores, llegamos al cementerio.

El cementerio de ••• no es otra cosa que un campo yelmo y solitario, sembrado de cruces de madera y rodeado por una tapia. Ni lápidas, ni sepulcros turban la monotonía de aquella mansión. Allí descansan, en la fría tierra, pobres y ricos, grandes y plebeyos, nivelados por la muerte.

En estos pobres cementerios, que tanto abundan en España y que son acaso los más poéticos y los más propios de sus moradores, sucede con frecuencia que, para sepultar un cuerpo, es menester exhumar otro, o, mejor dicho, que cada dos años se echa una nueva capa de muertos sobre la tierra. Consiste esto en la pequeñez del recinto, y da por resultado que, alrededor de cada nueva zanja, hay mil blancos despojos que de tiempo en tiempo son conducidos al osario común.

Yo he visto más de una vez estos osarios... ¡Y en verdad que merecen ser vistos! Figuraos, en un rincón del Campo Santo, una especie de pirámide de huesos, una colina de multiforme marfil, un cerro de cráneos, fémures, canillas, húmeros, clavículas rotas, columnas espinales desgranadas, dientes sembrados acá y allá, costillas que fueron armaduras de corazones, dedos diseminados y todo ello seco, frío, muerto, árido... ¡Figuraos, figuraos aquel horror!

Y ¡qué contactos! Los enemigos, los rivales, los esposos, los padres y sus hijos están allí, no solo juntos, sino revueltos, mezclados por pedazos, como trillada mies, como rota paja. Y ¡qué desapacible ruido cuando un cráneo choca con otro, o cuando baja rodando desde la cumbre por aquellas huecas astillas de antiguos hombres! Y ¡qué risa tan insultante tienen las calaveras!

Pero volvamos a nuestra historia.

Andábamos Joaquín y yo dando sacrílegamente con el pie a tantos restos inanimados, ora pensando en el día que otros pies hollarían nuestros despojos, ora atribuyendo a cada hueso una historia; procurando hallar el secreto de la vida en aquellos cráneos donde acaso moró el genio o bramó la pasión, y ya vacíos como celda de difunto fraile, o adivinando otras veces (por la configuración, por la dureza y por la dentadura) si tal calavera perteneció a una mujer, a un niño o a un anciano cuando las miradas del juez quedaron fijas en uno de aquellos globos de marfil...

—¿Qué es esto? —exclamó, retrocediendo un poco—. ¿Qué es esto, amigo mío? ¿No es un clavo?

Y, así hablando, daba vueltas con el bastón a un cráneo, bastante fresco todavía, que conservaba algunos espesos mechones de pelo negro.

Miré, y quedé tan asombrado como mi amigo. ¡Aquella calavera estaba atravesada por un clavo de hierro!

La chata cabeza de este clavo asomaba por la parte superior del hueso coronal, mientras que la punta salía por el que fue cielo de la boca.

¿Qué podía significar aquello?

De la extrañeza pasamos a las conjeturas, ¡y de las conjeturas al horror!...

—¡Reconozco la Providencia! —exclamó finalmente Zarco—. ¡He aquí un espantoso crimen que iba a quedar impune y que se delata por sí mismo a la justicia! ¡Cumpliré con mi deber, tanto más, cuanto que parece que el mismo Dios me lo ordena directamente al poner ante mis ojos la taladrada cabeza de la víctima! ¡Ah! Sí. ¡Juro no descansar hasta que el autor de este horrible delito expíe su maldad en el cadalso!

VII. Primeras diligencias

Mi amigo Zarco era un modelo de jueces.

Recto, infatigable, aficionado, tanto como obligado, a la administración de justicia, vio en aquel asunto un campo vastísimo en que emplear toda su inteligencia, todo su celo, todo su fanatismo (perdonad la palabra) por el cumplimiento de la ley.

Inmediatamente hizo buscar a un escribano, y dio principio al proceso.

Después de extendido testimonio de aquel hallazgo, llamó al enterrador.

El lúgubre personaje se presentó ante la ley, pálido y tembloroso. ¡A la verdad, entre aquellos dos hombres, cualquier escena tenía que ser horrible! Recuerdo literalmente su diálogo:

El juez. ¿De quién puede ser esta calavera?

El sepulturero. ¿Dónde la ha encontrado vuestra señoría?

El juez. En este mismo sitio.

El sepulturero. Pues entonces pertenece a un cadáver que, por estar ya algo pasado, desenterré ayer, para sepultar a una vieja que murió anteanoche.

El juez. Y ¿por qué exhumó usted ese cadáver y no otro más antiguo?

El sepulturero. Ya lo he dicho a v. s.: para poner a la vieja en su lugar. ¡El ayuntamiento no quiere convencerse de que este cementerio es muy chico para tanta gente como se muere ahora! ¡Así es que no se deja a los muertos secarse en la tierra, y tengo que trasladarlos medio vivos al osario común!

El juez. Y ¿podrá saberse de quién es el cadáver a que corresponde esta cabeza?

El sepulturero. No es muy fácil, señor.

El juez. Sin embargo, ¡ello ha de ser! Conque piénselo usted despacio.

El sepulturero. Encuentro un medio de saberlo...

El juez. Dígalo usted.

El sepulturero. La caja de aquel muerto se hallaba en regular estado cuando la saqué de la tierra, y me la llevé a mi habitación para aprovechar las tablas de la tapa. Acaso conserven alguna señal, como iniciales, galones o cualquiera otra de esas cosas que se estilan ahora para adornar los ataúdes...

El juez. Veamos esas tablas.

En tanto que el sepulturero traía los fragmentos del ataúd, Zarco mandó a un alguacil que envolviese el misterioso cráneo en un pañuelo, a fin de llevárselo a su casa.

El enterrador llegó con las tablas.

Como esperábamos, encontráronse en una de ellas algunos jirones de galón dorado, que, sujetos a la madera con tachuelas de metal, habrían formado letras y números...

Pero el galón estaba roto, y era imposible restablecer aquellos caracteres.

No desmayó, con todo, mi amigo, sino que hizo arrancar completamente el galón, y por las tachuelas, o por las punturas de otras que había habido en la tabla, recompuso las siguientes cifras:

A. G. R.
1843
R. I. P.

Zarco radió en entusiasmo al hacer este descubrimiento.

—¡Es bastante! ¡Es demasiado! —exclamó gozosamente—. ¡Asido de esta hebra, recorreré el laberinto y lo descubriré todo!

Cargó el alguacil con la tabla, como había cargado con la calavera, y regresamos a la población.

Sin descansar un momento nos dirigimos a la parroquia más próxima.

Zarco pidió al cura el libro de sepelios de 1843.

Recorriolo el escribano hoja por hoja, partida por partida...

Aquellas iniciales A. G. R. no correspondían a ningún difunto.

Pasamos a otra parroquia.

Cinco tiene la villa: a la cuarta que visitamos, halló el escribano, esta partida de sepelio:

En la iglesia parroquial de San... de la villa de •••, a 4 de mayo de 1843, se hicieron los oficios de funeral, conformes a entierro mayor, y se dio sepultura en el cementerio común a don Alfonso Gutiérrez del Romeral, natural y vecino que fue de esta población, el cual no recibió los Santos Sacramentos ni testó, por haber muerto de apoplejía fulminante, en la noche anterior, a la edad de treinta y un años. Estuvo casado con doña Gabriela Zahara del Valle, natural de Madrid, y no deja hijos. Y para que conste, etc.

Tomó Zarco un certificado de esta partida, autorizado por el cura, y regresamos a nuestra casa.

Por el camino me dijo el juez:

—Todo lo veo claro. Antes de ocho días habrá terminado este proceso, que tan oscuro se presentaba hace dos horas. Ahí llevamos una apoplejía fulminante de hierro, que tiene cabeza y punta, y que dio muerte repentina a un don Alfonso Gutiérrez del Romeral. Es decir: tenemos el clavo... Ahora solo me falta encontrar el martillo.

VIII. Declaraciones

Un vecino dijo:

Que don Alfonso Gutiérrez del Romeral, joven y rico propietario de aquella población, residió algunos años en Madrid, de donde volvió en 1840, casado con una bellísima señora llamada doña Gabriela Zahara:

Que el declarante había ido algunas noches de tertulia a casa de los recién casados, y tuvo ocasión de observar la paz y ventura que reinaban en el matrimonio:

Que cuatro meses antes de la muerte de don Alfonso, había marchado su esposa a pasar una temporada, en Madrid con su familia, según explicación del mismo marido:

Que la joven regresó en los últimos días de abril, o sea, tres meses y medio después de su partida:

Que a los ocho días de su llegada ocurrió la muerte de don Alfonso:

Que habiendo enfermado la viuda a consecuencia del sentimiento que le causó esta pérdida, manifestó a sus amigos que le era insoportable vivir en un pueblo donde todo le hablaba de su querido y malogrado esposo, y se marchó para siempre a mediados de mayo, diez o doce días después de la muerte de su esposo:

Que era cuanto podía declarar, y la verdad, a cargo del juramento que había prestado, etc.

Otros vecinos prestaron declaraciones casi idénticas a la anterior.

Los criados del difunto Gutiérrez dijeron:

—Después de repetir los datos de la vecindad:

Que la paz del matrimonio no era tanta como se decía de público:

Que la separación de tres meses y medio que precedió a los últimos ocho días que vivieron juntos los esposos, fue un tácito rompimiento, consecuencia de profundos y misteriosos disgustos que mediaban entre ambos jóvenes desde el principio de su matrimonio:

Que la noche en que murió su amo, se reunieron los esposos en la alcoba nupcial, como lo verificaban desde la vuelta de la señora, contra su antigua costumbre de dormir cada uno en su respectivo cuarto:

Que a media noche los criados oyeron sonar violentamente la campanilla, a cuyo repiqueteo se unían los desaforados gritos de la señora:

Que acudieron, y vieron salir a ésta de la cámara nupcial, con el cabello en desorden, pálida y convulsa, gritando entre amarguísimos sollozos:

—¡Una apoplejía! ¡Un médico! ¡Alfonso mío! ¡El señor se muere!...

Que penetraron en la alcoba, y vieron a su amo tendido sobre el lecho y ya cadáver; y que habiendo acudido un médico, confirmó que don Alfonso había muerto de una congestión cerebral.

El médico: Preguntado al tenor de la cita que precede, dijo: Que era cierta en todas sus partes.

El mismo médico y otros dos facultativos:

Habiéndoseles puesto de manifiesto la calavera de don Alfonso, y preguntados sobre si la muerte recibida de aquel modo podía aparecer a los ojos de la ciencia como apoplejía, dijeron que sí.

Entonces dictó mi amigo el siguiente auto:

Considerando que la muerte de don Alfonso Gutiérrez del Romeral debió de ser instantánea, y subsiguiente a la introducción del clavo en su cabeza:

Considerando que, cuando murió, estaba solo con su esposa en la alcoba nupcial:

Considerando que es imposible atribuir a suicidio una muerte semejante, por las dificultades materiales que ofrece su perpetración con mano propia:

Se declara reo de esta causa, y autora de la muerte de don Alfonso, a su esposa doña Gabriela Zahara del Valle, para cuya captura se expedirán los oportunos exhortos, etc., etc.

—Dime, Joaquín —pregunté yo al juez—. ¿Crees que se capturar a Gabriela Zahara?

—¡Indudablemente!

—Y ¿por qué lo aseguras?

—Porque, en medio de estas rutinas judiciales, hay cierta fatalidad dramática que no perdona nunca. Mas claro: cuando los huesos salen de la tumba a declarar, poco les queda que hacer a los tribunales.

IX. El hombre propone

A pesar de las esperanzas de mi amigo Zarco, Gabriela Zahara no pareció.

Exhortos, requisitorias; todo fue inútil.

Pasaron tres meses.

La causa se sentenció en rebeldía.

Yo abandoné la villa de •••, no sin prometerle a Zarco volver al año siguiente.

X. Un dúo en mi mayor

Aquel invierno lo pasé en Granada.

Érase una noche en que había gran baile en casa de la riquísima señora de X..., la cual había tenido la bondad de convidarme a la fiesta.

A poco de llegar a aquella magnífica morada, donde estaban reunidas todas las célebres hermosuras de la aristocracia granadina, reparé en una bellísima mujer, cuyo rostro habría distinguido entre mil otros semejantes, suponiendo que Dios hubiese formado alguno que se le pareciera.

¡Era mi desconocida, mi mujer misteriosa, mi desengañada de la diligencia, mi compañera de viaje, el número 1 de que os hablé al principio de esta relación!

Corrí a saludarla, y ella me reconoció en el acto.

—Señora —le dije—, he cumplido a usted mi promesa de no buscarla. Hasta ignoraba que podía encontrar a usted aquí. A saberlo, acaso no hubiera venido, por temor de ser a usted enojoso. Una vez ya delante de usted, espero que me diga si puedo reconocerla, si me es dado hablarle, si ha cesado el entredicho que me alejaba de usted.

—Veo que es usted vengativo —me contestó graciosamente, alargándome la mano—. Pero yo le perdono. ¿Cómo está usted?

—¡En verdad que lo ignoro! —respondí—. Mi salud, la salud de mi alma (pues no otra cosa se podía preguntar a usted en medio de un baile) depende de la salud de su alma de usted Esto quiere decir que mi dicha no puede ser sino un reflejo de la suya. ¿Ha sanado ese pobre corazón?

—Aunque la galantería le prescriba a usted desearlo —contestó la dama—, y mi aparente jovialidad haga suponerlo, usted sabe..., lo mismo que yo..., que las heridas del corazón no se curan.

—Pero se tratan, señora, como dicen los facultativos; se hacen llevaderas; se tiende una piel rosada sobre la roja cicatriz; se edifica una ilusión sobre un desengaño...

—Pero esa edificación es falsa...

—¡Como la primera, señora; como todas! Querer creer, querer gozar..., he aquí la dicha. Mirabeau moribundo no aceptó el generoso ofrecimiento de un joven que quiso transfundir toda su sangre en las empobrecidas arterias del grande hombre... ¡No sea usted como Mirabeau! ¡Beba usted nueva vida en el primer corazón virgen que le ofrezca su rica savia! Y, pues no gusta usted de galanterías, le añadiré en abono de mi consejo, que, al hablar así, no defiendo mis intereses.

¿Por qué dice usted eso último?

—Porque yo también tengo algo de Mirabeau, no en la cabeza, sino en la sangre. Necesito lo que usted ¡una primavera que me vivifique!

—¡Somos muy desdichados! En fin..., usted tendrá la bondad de no huir de mí en adelante...

—Señora, iba a pedirle a usted permiso para visitarla.

Nos despedimos.

—¿Quién es esta mujer? —pregunté a un amigo mío.

—Una americana que se llama Mercedes de Méridanueva —me contestó—. Es todo lo que sé, y mucho más de lo que se sabe generalmente.

XI. Fatalidad

Al día siguiente fui a visitar a mi nueva amiga a la Fonda de los Siete Suelos de la Alambra.

La encantadora Mercedes me trató como a un amigo íntimo, y me invitó a pasear con ella por aquel edén de la naturaleza y templo del arte, y a acompañarla luego a comer.

De muchas cosas hablamos durante las seis horas que estuvimos juntos; y, como el tema a que siempre volvíamos era el de los desengaños amorosos, hube de contarle la historia de los amores de mi amigo Zarco.

Ella la oyó muy atentamente, y, cuando terminé, se echó a reír y me dijo:

—Señor don Felipe, sírvale a usted eso de lección para no enamorarse nunca de mujeres a quienes no conozca...

—¡No vaya usted a creer —respondí con viveza— que he invertado esa historia, o se la he referido, porque me figure que todas las damas misteriosas que se encuentra uno en viaje son como la que engañó a mi condiscípulo!...

—Muchas gracias... Pero no siga usted —replicó, levantándose de pronto—. ¿Quién duda de que en la Fonda de los Siete Suelos de Granada pueden alojarse mujeres que en nada se parezcan a esa que tan fácilmente se enamoró de su amigo de usted en la fonda de Sevilla? En cuanto a mí, no hay riesgo de que me enamore de nadie, puesto que nunca hablo tres veces con un mismo hombre...

—¡Señora! ¡Eso es decirme que no vuelva!...

—No: esto es anunciar a usted que mañana, al ser de día, me marcharé de Granada, y que probablemente no volveremos a vernos nunca.

—¡Nunca! Lo mismo me dijo usted en Málaga, después de nuestro famoso viaje...; Y, sin embargo, nos hemos visto de nuevo...

—En fin: dejemos libre el campo a la fatalidad. Por mi parte, repito que esta es nuestra despedida eterna.

Dichas tan solemnes palabras, Mercedes me alargó la mano y me hizo un profundo saludo.

Yo me alejé vivamente conmovido, no solo por las frías y desdeñosas frases con que aquella mujer había vuelto a descartarme de su vida (como cuando nos separamos en Málaga), sino ante el incurable dolor que vi pintarse en su rostro, mientras que procuraba sonreírse, al decirme adiós por última vez...

—¡Por última vez! ¡Ay! ¡Ojalá hubiera sido la última!

Pero la fatalidad lo tenía dispuesto de otro modo.

XII. Travesuras del destino

Pocos días después, llamáronme de nuevo mis asuntos al lado de Joaquín Zarco.

Llegué a la villa de •••.

Mi amigo seguía triste y solo, y se alegró mucho de verme.

Nada había vuelto a saber de Blanca; pero tampoco había podido olvidarla ni siquiera un momento...

Indudablemente aquella mujer era su predestinación... ¡Su gloria o su infierno, como el desgraciado solía decir!

Pronto veremos que no se equivocaba en este supersticioso juicio.

La noche del mismo día de mi llegada estábamos en su despacho leyendo las últimas diligencias practicadas para la captura de Gabriela Zahara del Valle, todas ellas inútiles por cierto, cuando entró un alguacil y entregó al joven juez un billete que decía de este modo:

«En la fonda del León hay una señora que desea hablar con el señor Zarco.»

—¿Quién ha traído esto? —preguntó Joaquín.

—Un criado.

—¿De parte de quién?

—No me ha dicho nombre alguno.

—¿Y ese criado?

—Se fue al momento.

Joaquín meditó y dijo luego lúgubremente:

—¡Una señora! ¡A mí!... ¡No sé por qué me da miedo esta cita!... ¿Qué te parece, Felipe?

—Que tu deber de juez es asistir a ella. ¡Puede tratarse de Gabriela Zahara!

—Tienes razón... ¡Iré! —dijo Zarco, pasándose una mano por la frente.

Y cogiendo un par de pistolas, envolviose en la capa y partió, sin permitir que lo acompañase.

Dos horas después volvió.

Venía agitado, trémulo, balbuciente...

Pronto conocí que una vivísima alegría era la causa de aquella agitación.

Zarco me estrechó convulsivamente entre sus brazos, exclamando a gritos entrecortados por el júbilo:

—¡Ah! ¡Si supieras!... ¡Si supieras, amigo mío!

—¡Nada sé! —respondí—. ¿Qué te ha pasado?

—¡Ya soy dichoso! ¡Ya soy el más feliz de los hombres!

—Pues ¿qué ocurre?

—La esquela en que me llamaban a la fonda...

—Continúa.

—¡Era de ella!

—¿De quién? ¿De Gabriela Zahara?

—¡Quita allá, hombre! ¿Quién piensa ahora en desventuras? ¡Era de ella! ¡De la otra!

—Pero ¿quién es la otra?

—¿Quién ha de ser? ¡Blanca! ¡Mi amor! ¡Mi vida! ¡La madre de mi hijo!

—¿Blanca? —repliqué con asombro—. Pues ¿no decías que te había engañado?

—¡Ah! ¡No! ¡Fue alucinación mía!...

—¿La que padeces ahora?

—No; la que entonces padecí.

—Explícate.

—Escucha: Blanca me adora...

—Adelante. El que tú lo digas no prueba nada. Cuando nos separamos Blanca y yo el día de abril, quedamos en reunirnos en Sevilla para el 15 de mayo. A poco tiempo de mi marcha, recibió ella una carta en que le decían que su presencia era necesaria en Madrid para asuntos de familia; y como podía disponer de un mes hasta mi vuelta, fue a la corte, y volvió a Sevilla muchos días antes del 15 de mayo. Pero yo, más impaciente que ella, acudí a la cita con quince días de anticipación de la fecha estipulada, y no hallando a Blanca en la fonda, me creí engañado y no esperé. En fin ¡he pasado dos años de tormento por una ligereza mía!

—Pero una carta lo evitaba todo...

—Dice que había olvidado el nombre de aquel pueblo, cuya promotoría sabes que dejé inmediatamente, yéndome a Madrid...

—¡Ah! ¡Pobre amigo mío! —exclamé—. ¡Veo que quieres convencerte; que te empeñas en consolarte! ¡Más vale así! Conque, veamos: ¿cuándo te casas? ¡Porque supongo que, una vez deshechas las nieblas de los celos, lucirá radiante el Sol del matrimonio!...

—¡No te rías! —exclamó Zarco—. Tú serás mi padrino. Con mucho gusto. ¡Ah! ¿Y el niño? ¿Y vuestro hijo?

—¡Murió!

—¡También eso! Pues, señor... —dije aturdidamente—. ¡Dios haga un milagro!

—¡Cómo!

—Digo... ¡que Dios te haga feliz!

XIII. Dios dispone

Por aquí íbamos en nuestra conversación, cuando oímos fuertes aldabonazos en la puerta de la calle.

Eran las dos de la madrugada.

Joaquín y yo nos estremecimos sin saber por qué...

Abrieron; y a los pocos segundos entró en el despacho un hombre que apenas podía respirar, y que exclamaba entrecortadamente con indescriptible júbilo:

—¡Albricias! ¡Albricias, compañero! ¡Hemos vencido!

Era el promotor fiscal del juzgado.

—Explíquese usted, compañero —dijo Zarco, alargándole una silla—. ¿Qué ocurre para que venga usted tan a deshora y tan contento?

—Ocurre... ¡Apenas es importante lo que ocurre!... Ocurre que Gabriela Zahara...

—¿Cómo?... ¿Qué?... —interrumpimos a un mismo tiempo Zarco y yo.

—¡Acaba de ser presa!

—¡Presa! —gritó el juez lleno de alegría.

—Sí, señor; ¡presa! —repitió el fiscal—. La guardia civil le seguía la pista hace un mes, y, según acaba de decirme el sereno que suele acompañarme desde el Casino hasta mi casa, ya la tenemos a buen recaudo en la cárcel de esta muy noble villa...

—Pues vamos allá... —replicó el juez—. Esta misma noche le tomaremos declaración. Hágame usted el favor de avisar al escribano de la causa. Usted mismo presenciará las actuaciones, atendida la gravedad del caso... Diga usted que manden a llamar también al sepulturero, a fin de que presente por sí propio la cabeza de don Alfonso Gutiérrez, la cual obra en poder del alguacil. Hace tiempo que tengo excogitado este horrible careo de los dos esposos, en la seguridad de que la parricida no podrá negar su crimen al ver aquel clavo de hierro que, en la boca de la calavera, parece una lengua acusadora. En cuanto a ti —díjome luego Zarco—, harás el papel de escribiente, para que puedas presenciar, sin quebrantamiento de la ley, escenas tan interesantes...

Nada le contesté. Entregado mi infeliz amigo a su «alegría de juez» (permítaseme la frase), no había concebido la horrible sospecha que sin duda os agita ya a vosotros...; sospecha que penetró desde luego en mi corazón, taladrándolo con sus uñas de hierro... ¡Gabriela y Blanca, llegadas a aquella villa en una misma noche, podían ser una sola persona!

—Dígame usted —pregunté al promotor, mientras que Zarco se preparaba para salir—: ¿En dónde estaba Gabriela cuando la prendieron los guardias?

—En la fonda del León —me respondió el fiscal.

¡Mi angustia no tuvo límites!

Sin embargo, nada podía hacer, nada podía decir, sin comprometer a Zarco, como tampoco debía envenenar el alma de mi amigo, comunicándole aquella lúgubre conjetura, que acaso iban a desmentir los hechos. Además, suponiendo que Gabriela y Blanca fueran una misma persona, ¿de qué le valdría al desgraciado el que yo se lo indicase anticipadamente? ¿Qué podía hacer en tan tremendo conflicto? ¿Huir? ¡Yo debía evitarlo, pues era declararse, reo! ¿Delegar, fingiendo una indisposición repentina? Equivaldría a desamparar a Blanca, en cuya defensa tanto podría hacer, si su causa le parecía defendible. ¡Mi obligación, por tanto, era guardar silencio y dejar paso a la justicia de Dios!

Tal discurrí por lo menos en aquel súbito lance, cuando no había tiempo ni espacio para soluciones inmediatas... ¡La catástrofe se venía encima con trágica premura!... El fiscal había dado ya las órdenes de Zarco a los alguaciles, y uno de éstos había ido a la cárcel, a fin de que dispusiesen la sala de audiencia para recibir al juzgado. El comandante de la guardia civil entraba en aquel momento a dar parte en persona (como muy satisfecho que estaba del caso) de la prisión de Gabriela Zahara... Y algunos trasnochadores, socios del Casino y amigos del juez, noticiosos de la ocurrencia, iban acudiendo también allí, como a olfatear y presentir las emociones del terrible día en que dama tan principal y tan bella subiese al cadalso... En fin; no había más remedio que ir hasta el borde del abismo, pidiendo a Dios que Gabriela no fuese Blanca.

Disimulé, pues, mi inquietud y callé mis recelos, y a eso de las cuatro de la mañana seguí al juez, al promotor, al escribano, al comandante de la guardia y a un pelotón de curiosos y de alguaciles, que se trasladaron a la cárcel regocijadamente.

XIV. El tribunal

Allí aguardaba ya el sepulturero.

La sala de la audiencia estaba profusamente iluminada.

Sobre la mesa veíase una caja de madera pintada de negro, que contenía la calavera de don Alfonso Gutiérrez del Romeral.

El juez ocupó su sillón: el promotor se sentó a su derecha, y el comandante de la guardia, por respetos superiores a las prácticas forenses, fue invitado a presenciar también la indagatoria, visto el interés que, como a todos, le inspiraba aquel ruidoso proceso. El escribano y yo nos sentamos juntos, a la izquierda del juez, y el alcaide y los alguaciles se agruparon a la puerta, no sin que se columbrasen detrás de ellos algunos curiosos a quienes su alta categoría pecuniaria había franqueado, para tal solemnidad, la entrada en el temido establecimiento, y que habrían de contentarse con ver a la acusada, por no consentir otra cosa el secreto del sumario.

Constituida en ésta forma la audiencia, el juez tocó la campanilla, y dijo al alcaide:

—Que entre doña Gabriela Zahara.

Yo me sentía morir, y, en vez de mirar a la puerta, miraba a Zarco, para leer en su rostro la solución del pavoroso problema que me agitaba...

Pronto vi a mi amigo ponerse lívido, llevarse la mano a la garganta, como para ahogar un rugido de dolor, y volverse hacia mí en demanda de socorro...

—¡Calla! —le dije, llevándome el índice a los labios.

Y luego añadí, con la mayor naturalidad, como respondiendo a alguna observación suya:

—Lo sabía...

El desventurado quiso levantarse...

—¡Señor juez!... —le dije entonces con tal voz y con tal cara, que comprendió toda la enormidad de sus deberes y de los peligros que corría.

Contrájose, pues, horriblemente, como quien trata de soportar un peso extraordinario, y, dominándose al fin por medio de aquel esfuerzo, su cara ostentó la inmovilidad de una piedra. A no ser por la calentura de sus ojos, hubiérase dicho que aquel hombre estaba muerto.

¡Y muerto estaba el hombre! ¡Ya no vivía en él más que el magistrado!

Cuando me hube convencido de ello, miré, como todos, a la acusada.

Figuraos ahora mi sorpresa y mi espanto, casi iguales a los de infortunado juez... ¡Gabriela Zahara no era solamente la Blanca de mi amigo, su querida de Sevilla, la mujer con quien acababa de reconciliarse en la fonda del León, sino también mi desconocida de Málaga, mi amiga de Granada, la hermosísima americana Mercedes de Méridanueva!

Todas aquellas fantásticas mujeres se resumían en una sola, en una indudable, en una real y positiva, en una sobre quien pesaba la acusación de haber matado a su marido, en una que estaba condenada a muerte en rebeldía...

Ahora bien: esta acusada, esta sentenciada, ¿sería inocente? ¿Lograría sincerarse? ¿Se vería absuelta?

Tal era mi única y suprema esperanza, tal debía de ser también la de mi pobre amigo.

XV. El juicio

El juez es una ley que habla
y la ley un juez mudo.
La ley debe ser como la
muerte, que no perdona a nadie.
Montesquieu.

Gabriela (llamémosla, al fin, por su verdadero nombre) estaba sumamente pálida; pero también muy tranquila. Aquella calma, ¿era señal de su inocencia, o comprobaba la insensibilidad propia de los grandes criminales? ¿Confiaba la viuda de don Alfonso en la fuerza de su derecho, o en la debilidad de su juez?

Pronto salí de dudas.

La acusada no había mirado hasta entonces más que a Zarco, no sé si para infundirle valor y enseñarle a disimular, si para amenazarle con peligrosas revelaciones, o si para darle mudo testimonio de que su Blanca no podía haber cometido un asesinato... Pero, observando sin duda la tremenda impasibilidad del juez, debió de sentir miedo, y miró, a los demás concurrentes, cual si buscase en otras simpatías auxilio moral para su buena o su mala causa.

Entonces me vio a mí, y una llamarada de rubor, que me pareció de buen agüero, tiñó de escarlata su semblante.

Pero muy luego se repuso, y tornó a su palidez y tranquilidad.

Zarco salió al fin del estupor en que estaba sumido, y, con voz dura y áspera como la vara de la justicia, preguntó a su antigua amada y prometida esposa:

—¿Cómo se llama usted?

—Gabriela Zahara del Valle de Gutiérrez del Romeral —contestó la acusada con dulce y reposado acento.

Zarco tembló ligeramente. ¡Acababa de oír que su Blanca no había existido nunca; y esto se lo decía ella misma! ¡Ella, con quien tres horas antes había concertado de nuevo el antiguo proyecto de matrimonio!

Por fortuna, nadie miraba al juez, sino que todos tenían fija la vista en Gabriela, cuya singular hermosura y suave y apacible voz considerábanse como indicios de inculpabilidad. ¡Hasta el sencillo traje negro que llevaba parecía declarar en su defensa!

Repuesto Zarco de su turbación, dijo con formidable acento, y como quien juega de una vez todas sus esperanzas:

—Sepulturero: venga usted, y haga su oficio, abriendo ese ataúd...

Y le señalaba la caja negra en que estaba encerrado el cráneo de don Alfonso.

—Usted, señora... —continuó, mirando a la acusada con ojos de fuego—, ¡acérquese y diga si reconoce esa cabeza!

El sepulturero destapó la caja, y se la presentó abierta a la enlutada viuda.

Ésta, que había dado dos pasos adelante, fijó los ojos en el interior del llamado ataúd, y lo primero que vio fue la cabeza del clavo, destacándose sobre el marfil de la calavera...

Un grito desgarrador, agudo, mortal, como los que arranca un miedo repentino, o como los que preceden a la locura, salió de las entrañas de Gabriela, la cual retrocedió espantada, mesándose los cabellos y tartamudeando a media voz:

—¡Alfonso! ¡Alfonso!

Y luego se quedó como estúpida.

—¡Ella es! —murmuramos todos, volviéndonos hacia Joaquín.

—¿Reconoce usted, pues, el clavo que dio muerte a su marido? —añadió el juez, levantándose con terrible ademán, como si él mismo saliese de la sepultura...

—Sí, señor... —respondió Gabriela maquinalmente, con entonación y gesto propios de la imbecilidad.

—¿Es decir, que declara usted haberlo asesinado? —preguntó el juez con tal angustia, que la acusada volvió en sí, estremeciéndose violentamente.

—Señor... —respondió entonces—: ¡no quiero vivir más! Pero, antes de morir, quiero ser oída...

Zarco se dejó caer en el sillón como anonadado, y mirome cual si me preguntara:

—¿Qué va a decir?

Yo estaba también lleno de terror.

Gabriela arrojó un profundo suspiro, y continuó hablando de este modo:

—Voy a confesar, y en mi propia confesión consistirá mi defensa, bien que no sea bastante a librarme del patíbulo: Escuchad todos. ¿A qué negar lo evidente? Yo estaba sola con mi marido cuando murió. Los criados y el médico lo habrán declarado así. Por tanto, solo yo pude darle muerte del modo que ha venido a revelar su cabeza, saliendo para ello de la sepultura... ¡Me declaro, pues, autora de tan horrendo crimen!... Pero sabed que un hombre me obligó a cometerlo.

Zarco tembló al escuchar estas palabras: dominó, sin embargo, su miedo, como había dominado su compasión, y exclamó valerosamente:

—¡Su nombre, señora! ¡Dígame pronto el nombre de ese desgraciado!

Gabriela miró al juez con fanática adoración, como una madre a su atribulado hijo, y añadió con melancólico acento:

—¡Podría con una sola palabra arrastrarlo al abismo en que me ha hecho caer! ¡Podría arrastrarlo al cadalso, a fin de que no se quedase en el mundo, para maldecirme tal vez al casarse con otra! ¡Pero no quiero! ¡Callaré su nombre, porque me ha amado y le amo! ¡Y le amo, aunque sé que no hará nada para impedir mi muerte!

El juez extendió la mano derecha, cual si fuera a adelantarse...

Ella le reprendió con una mirada cariñosa, como diciéndole:

—¡Ve que te pierdes!

Zarco bajó la cabeza.

Gabriela continuó:

—Casada a la fuerza con un hombre a quien aborrecía, con un hombre que se me hizo aún más aborrecible después de ser mi esposo, por su mal corazón y por su vergonzoso estado..., pasé tres años de martirio, sin amor, sin felicidad, pero resignada. Un día que daba vueltas por el purgatorio de mi existencia, buscando, a fuer de inocente, una salida, vi pasar, al través de los hierros que me encarcelaban, a uno de esos ángeles que libertan a las almas ya merecedoras del cielo... Asime a su túnica, diciéndole:

—Dame la felicidad...

Y el ángel me respondió:

—¡Tú no puedes ser ya dichosa!

—¿Por qué?

—Porque no lo eres.

¡Es decir, que el infame que hasta entonces me había martirizado, me impedía volar con aquel ángel al cielo del amor y de la ventura! ¿Concebís absurdo mayor que el de este razonamiento de mi destino? Lo diré más claramente. ¡Había encontrado un hombre digno de mí y de quien yo era digna; nos amábamos, nos adorábamos; pero él, que ignoraba la existencia de mi mal llamado esposo; él, que desde luego pensó en casarse conmigo; él, que no transigía con nada que fuese ilegal o impuro, me amenazaba con abandonarme si no nos casábamos! Érase un hombre excepcional, un dechado de honradez, un carácter severo y noblísimo, cuya única falta en la vida consistía en haberme querido demasiado... Verdad es que íbamos a tener un hijo ilegítimo; pero también es cierto que ni por un solo instante había dejado de exigirme el cómplice de mi deshonra que nos uniéramos ante Dios... Tengo la seguridad de que si yo le hubiese dicho:

—Te he engañado: no soy viuda; mi esposo vive... —se habría alejado de mí, odiándome y maldiciéndome.

Inventé mil excusas, mil sofismas, y a todo me respondía:

—¡Sé mi esposa!

Yo no podía serlo: creyó que no quería, y comenzó a odiarme. ¿Qué hacer? Resistí, lloré, supliqué; pero él, aun después de saber que teníamos un hijo, me repitió que no volvería a verme hasta que le otorgase mi mano. Ahora bien: mi mano estaba vinculada a la vida de un hombre ruin, y entre matarlo a él o causar la desventura de mi hijo, la del hombre que adoraba y la mía propia, opté por arrancar su inútil y miserable vida al que era nuestro verdugo. Maté, pues, a mi marido... creyendo ejecutar un acto de justicia en el criminal que me había engañado infamemente al casarse conmigo, y (¡castigo de Dios!) me abandonó mi amante...

Después hemos vuelto a encontrarnos... ¿Para qué, Dios mío? ¡Ah! ¡Que yo muera pronto!... ¡Sí! ¡Que yo muera pronto!

Gabriela calló un momento, ahogada por el llanto.

Zarco había dejado caer la cabeza sobre las manos, cual si meditase; pero yo veía que temblaba como un epiléptico.

—¡Señor juez! —repitió Gabriela con renovada energía—: ¡que yo muera pronto!

Zarco hizo una seña para que se llevasen a la acusada.

Gabriela se alejó con paso firme, no sin dirigirme antes una mirada espantosa, en que había más orgullo que arrepentimiento.

XVI. La sentencia

Excuso referir la formidable lucha que se entabló en el corazón de Zarco, y que duró hasta el día en que volvió a fallar la causa. No tendría palabras con que haceros comprender aquellos horribles combates... Solo diré que el magistrado venció al hombre, y que Joaquín Zarco volvió a condenar a muerte a Gabriela Zahara.

Al día siguiente fue remitido el proceso en consulta a la audiencia de Sevilla, y al propio tiempo Zarco se despidió de mí, diciéndome estas palabras:

—Aguárdame acá hasta que yo vuelva... Cuida de la infeliz, pero no la visites, pues tu presencia la humillaría en vez de consolarla. No me preguntes a dónde voy, ni temas que cometa el feo delito de suicidarme. Adiós, y perdóname las aflicciones que te he causado.

Veinte días después, la audiencia del territorio confirmó la sentencia de muerte.

Gabriela Zahara fue puesta en capilla.

XVII. Último viaje

Llegó la mañana de la ejecución, sin que Zarco hubiese regresado ni se tuviesen noticias de él.

Un inmenso gentío aguardaba a la puerta de la cárcel la salida de la sentenciada.

Yo estaba entre la multitud, pues si bien había acatado la voluntad de mi amigo no visitando a Gabriela en su prisión, creía de mi deber representar a Zarco en aquel supremo trance, acompañando a su antigua amada hasta el pie del cadalso.

Al verla aparecer, costome trabajo reconocerla. Había enflaquecido horriblemente, y apenas tenía fuerzas para llevar a sus labios el Crucifijo que besaba a cada momento.

—Aquí estoy, señora... ¿Puedo servir a usted de algo? —le pregunté cuando pasó cerca de mí.

Clavó en mi faz sus marchitos ojos, y cuando me hubo reconocido, exclamó:

—¡Oh! ¡Gracias! ¡Gracias! ¡Qué consuelo tan grande me proporciona usted en mi última hora! ¡Padre! —añadió, volviéndose a su confesor—: ¿Puedo hablar al paso algunas palabras con este generoso amigo?

—Sí, hija mía... —le respondió el sacerdote—; pero no deje usted de pensar en Dios...

Gabriela me preguntó entonces:

—¿Y él?

—Está ausente...

—¡Hágalo Dios muy feliz! Dígale, cuando lo vea, que me perdone, para que me perdone Dios. Dígale que todavía le amo aunque el amarle es causa de mi muerte...

—Quiero ver a usted resignada...

—¡Lo estoy! ¡Cuánto deseo llegar a la presencia de mi Eterno Padre! ¡Cuántos siglos pienso pasar llorando a sus pies, hasta conseguir que me reconozca como hija suya y me perdone mis muchos pecados!

Llegamos al pie de la escalera fatal...

Allí fue preciso separarnos.

Una lágrima, tal vez la última que aún quedaba en aquel corazón, humedeció los ojos de Gabriela, mientras que sus labios balbucieron esta frase:

—Dígale usted que muero bendiciéndole...

En aquel momento sintiose viva algazara entre el gentío hasta que al cabo percibiéronse claramente las voces de:

¡Perdón! ¡Perdón!

Y por la ancha calle que abría la muchedumbre, viose avanzar a un hombre a caballo, con un papel en una mano y un pañuelo blanco en la otra...

¡Era Zarco!

—¡Perdón! ¡Perdón! —venía gritando también él.

Echó al fin pie a tierra, y, acompañado del jefe del cuadro, adelantose hacia el patíbulo.

Gabriela, que había ya subido algunas gradas, se detuvo: miró intensamente a su amante, y murmuró:

—¡Bendito seas!

Enseguida perdió el conocimiento.

Leído el perdón y legalizado el acto, el sacerdote y Joaquín corrieron a desatar las manos de la indultada...

Pero toda piedad era ya inútil... Gabriela Zahara estaba muerta.

XVIII. Moraleja

Zarco es hoy uno de los mejores magistrados de La Habana.

Se ha casado, y puede considerarse feliz; porque la tristeza no es desventura cuando no se ha hecho a sabiendas daño a nadie.

El hijo que acaba de darle su amantísima esposa disipará la vaga nube de melancolía que oscurece a ratos la frente de mi amigo.

Cádiz, 1853

LA ÚLTIMA CALAVERADA. NOVELA ALEGRE, PERO MORAL

I

—Tengo la seguridad —dijo el marqués, encendiendo otro cigarro— de que, si se examinara la vida de todos los grandes calaveras arrepentidos, se encontraría que perdieron su última batalla; quiero decir, que su última calaverada fue un chasco, una derrota, un Waterloo.

—¡Qué reaccionario es este marqués! ¡Miren ustedes con qué arte, en el símil de que se ha valido, la virtud hace el papel de la Santa Alianza, restauradora de Luis XVIII y del antiguo régimen!

—También se podría decir —replicó el preopinante— que, en mi símil, la virtud hace el papel de la árida roca de Santa Elena, dado que ese fue el camino que tomó Napoleón después de su derrota...

—¡Pero no lo tomó sino a la fuerza, señor marqués, e intentó muchas veces escaparse!

—Pues entonces, duque, prescindamos del símil. En cambio estoy más decidido que nunca a sostener mi tesis: «Nadie ha dejado de ser calavera al día siguiente de un triunfo. Todos los Lovelaces se han abrazado a la virtud al día siguiente de un descalabro».

—Marqués —exclamó el general X., que hasta entonces había callado—: ¡mucho insiste usted en esa idea; lo cual me hace presumir si hablar a usted por experiencia propia! ¡Usted fue muy calavera en su juventud!

—¡Nada más que lo puramente necesario!

—Y luego, de pronto, se convirtió usted en hombre de bien cuando aún podía aspirar a nuevas glorias...

—¡Ya lo creo! Todavía no contaba treinta años cuando me retiré del mundo y me casé con Eloísa... ¡No esperé, como Carlos V, a estar lleno de reumas para abandonar los campos de batalla!...

—Pues vamos a ver: compruébenos la tesis, contándonos la derrota que precedió a su retirada de usted a Yuste.

—Sí, sí... ¡que la cuente!

—¡Con muchísimo gusto, señores! ¿a qué viejo no le agrada recordar sus campañas amorosas, aun aquellas en que fue poco afortunado? ¡Perfectísimamente me acuerdo del hecho que determinó mi abdicación!

—¿Y fue, en efecto, un descalabro?

—¡Horrible! ¡Providencial, por mejor decir! Porque os advierto que no me derrotó ningún hombre más agradable que yo a la beldad de que se trataba; ni menos me derrotó el desdén de ésta; ni tampoco me derroté yo a mí mismo...

—¡Bravo, marqués! ¡Esa última frase es digna de la corte de Luis XVI!

—No; no quedó por mí en manera alguna... —prosiguió el marqués, mordiscando el cigarro—. ¡Me derrotó la Providencia!

—¡Veamos, veamos! ¡Basta ya de prólogo! Nuestro interés no puede estar más excitado.

—Muchísimas gracias, duque. Pues, señor, el caso fue el siguiente.

II

—Empezaré por deciros que mi arrepentimiento, o sea el descalabro que voy a contaros, no data, como suponéis, de la época de mi enlace con Eloísa.

—¡Oh! Ya comprendemos que sería anterior...

—¡Nada de eso! Fue posterior. Yo me curé en falso al casarme; esto es, yo era todavía un calavera impenitente cuando conduje al altar a Eloísa; y, si me casé con ella, fue por miedo de no encontrar más adelante otra mujer de sus virtudes, digna del depósito de mi honor y de ser madre de mis hijos. Pero aún podía decir: ¡Lated anguis in herba! ¡Aún no estaba arrepentido! ¡Aún no había formado propósito de enmendarme! ¡Aún no había pasado por la susodicha derrota!

El marqués chupeteó detenidamente el cigarro hasta reavivar su lumbre; dio un suspiro, y continuó:

—Llevaba yo ya tres años de casado con esa adorable marquesa que todos conocéis y a cuyo talento y bondad hacéis cumplida justicia...

—¡Oh, la marquesa es un ángel!

—Pues añadid que entonces era también joven y hermosa...

—Hermosa... ¡lo será siempre! —exclamó el duque—. Eloísa es la mujer que más me gusta hoy en Madrid.

—Y joven... ¡lo es todavía! —agregó cierto pollo muy elegante.

110

—¡Eso se figura ella! —replicó el marqués, muy orgulloso y contento—. Pero aquí, entre nosotros, debo deciros que tiene cuarenta y cinco años. A lo menos, yo la llevaba diez cuando la conocí, y tengo cincuenta y cuatro cumplidos... ¡Si me oyera! En fin, vuelvo a mi historia.

Estaba yo en aquel tiempo (como sigo estándolo hoy) verdaderamente prendado de mi mujer; reconocía todas sus bellas cualidades; considerábame feliz en haber ligado mi vida a la suya; proclamaba que el matrimonio tenía indudablemente muchas ventajas... Pero...

—Pero... ¡Había usted sido calavera!...

—¡Justamente! ¡Había yo sido calavera!... ¡Lo había sido, y aún me quedaba en el corazón algo de aquella satánica codicia del bien ajeno, que constituye el carácter de todos los conquistadores de pueblos y de mujeres!

—¡Soberbio! ¡Edificante! Está usted hablando como un libro, señor marqués...

—¡Y era... —prosiguió éste, contemplando de un modo melancólico la ceniza de su cigarro—; era que yo no había entrado en la virtud por las puertas del desencanto, de la humildad y de la penitencia! ¡Era que mi casamiento había sido un triunfo, una fortuna, una conquista más! ¡Era que Dios no me había hecho caer del caballo como a san Pablo!

—¡Sublime, marqués, sublime!

—¡Parece que me explico! —exclamó el relatante, riéndose, y derribando con el meñique la mencionada ceniza—. ¡No me llamará usted hoy epicúreo, señor duque!

—No decimos nada. Continúe usted.

—Pues señor: a los tres años de matrimonio —¡recuerdo que un día de canícula!— principié a sentir que retoñaba en mi corazón el calaverismo. El fantasma de la otra, de la mujer ajena, de la mujer nueva, del fruto vedado, comenzó a hacerme guiños en el sereno horizonte de mi paz doméstica. «¡Yo quisiera desamortizarme! —empecé a decir para mi capote—. ¡Yo quisiera reivindicarme, recuperarme, resucitar; probarme a mí mismo que soy todavía un hombre peligroso, capaz de inspirar una pasión en activo servicio, y demostrar al diablo que, si hasta aquí he resultado un modelo de maridos fieles, ha sido por mi gusto, no por necesidad ni decadencia; que no me morí al casarme; que soy libre de hecho; que aún vive Pelayo; que puedo escalar las murallas de mi cárcel cuando me acomode, y que si habito en ella no es como forzado de la virtud, sino como voluntario de mi mujer!»

Al poco tiempo de ocurrírseme todas estas atrocidades, hijas de mi impunidad, pareciome que la suerte, que el destino, que el hado, que el numen en que creen los jugadores y cuantos no se atreven a hacer a Dios cómplice de sus proyectos, se había puesto de mi parte y me proporcionaba la ocasión de realizar el acto de independencia por el que suspiraba todo mi ser...

¡Redoblad ahora vuestra atención, que va a salir la heroína del drama!

III

Vivía yo con Eloísa en el campo, en las cercanías de Bayona, en uno de aquellos chalets que tanto abundan allí y que se alquilan por la temporada de verano. Hallábase situado el nuestro en la carretera que conduce a Pau. Todavía no había ferrocarriles en el Mediodía de Francia.

Precisamente había sido en aquella especie de quinta donde había yo concebido (a priori y en abstracto) la pícara idea de faltarle solemnemente a mi cara mitad; de tener una aventura en toda forma, previa la correspondiente conquista; de aumentar un nuevo laurel a los de mi borrascosa juventud. ¡La soledad, el espectáculo de la pagana naturaleza y la rápida visión de las hechiceras veraneadoras y bañistas que pasaban por delante de nuestra solitaria vivienda, en soberbios carruajes, dirigiéndose a otros puntos del Pirineo, contribuyeron sin duda a sacarme de mis casillas!

¡El campo..., y sobre todo el campo de Francia, tan poblado de divinidades mitológicas con medias y corsé, es el más terrible enemigo del matrimonio! La seda, en el silencio de los bosques, cruje de un modo que causa vértigo...

En tal situación, pues, supe que una antigua novia mía, gaditana, con quien estuve para casarme, y cuya mano no llegué al fin a pedir, solo porque me permitió besársela varias veces cuando la llevaba del brazo, escoltada por una tía suya, viuda, y por un antiguo amigo de ésta, desde cierta tertulia inolvidable hasta la casa en que vivía; casa cuya pícara llave no pude adquirir nunca, no por falta de voluntad de la niña, me parece a mí, sino por sobra de vigilancia de la vieja...

—¡Escupa usted, marqués, que se ahoga!

—¡Descuidad, que no os diré el verdadero nombre de la interesada! Pero para entendernos, bueno ser a que la llamemos Antonia, Josefa, Dolores en fin, como queráis.

—Preferimos Antonia. Es muy bonito nombre...

—Y nombre romano, clásico, propio de estatuas semidesnudas...

—Pues bien: repito que Antonia habría llegado tal vez a convertrse de mi futura en mi pretérita, si yo le hubiese dedicado más tiempo, o si la tía nos hubiera dejado más espacio; y que un hombre de mis circunstancias no debía, ni pudo, o, por mejor decir, no quiso llamar esposa suya a mujer que le merecía tal concepto.

Porque habéis de saber que el verdadero calavera no se casa nunca con sus víctimas, ni con las que han estado abocadas a merecer semejante dictado. El calavera se casa con una santa como mi marquesa, o baja solterón a los profundos infiernos. Esos Tenorios vulgares que acaban por pagar en la vicaría todo lo que deben al sexo contrario, poniéndose en manos de una equívoca hija de Eva que vengue a todas sus predecesoras, son unos calaveras apócrifos, unos impostores, unos falsos profetas del amor. ¡A ver! Deme usted lumbre, pollo. Y ustedes ¡perdónenme estos entusiasmos de ultratumba!... El hombre bien nacido no pierde nunca su amor platónico al arte. A más que la teoría que mantengo puede servir de advertencia a las incautas.

Iba diciendo que por entonces supe que aquella mi antigua novia (casada ya a la sazón con un pobre amigo mío, de la especie predestinada, que, o no probó a besarle la mano a Antonia antes de pedírsela, o era menos receloso y precavido que yo) habitaba en otro chalet solitario, situado en aquella misma carretera y a una legua corta del nuestro.

No bien me enteré del caso procuré hacerme el encontradizo con su marido y con ella.

Alegráronse ambos mucho de aquel encuentro y de aquella vecindad; llevé a mi mujer a misa a la misma aldea en que solían oírla ellos; hubo las presentaciones consiguientes; mediaron dos largas visitas... (es decir, nosotros almorzamos un día en casa de Antonia, y Antonia y su marido almorzaron otro día en la nuestra), y, con esto, fuimos ya los cuatro mejores amigos del mundo.

Mi pobre marquesa no sospechaba nada, y, sin embargo, la cosa no podía marchar más deprisa. La legüecilla que separaba los chalets andábase en menos de media hora, bien en el tilbury que tenían nuestros vecinos, bien en los caballos de silla que teníamos mi mujer y yo; y en cuanto al camino del adulterio, puede decirse que Antonia y yo lo andábamos a paso doble, de tal manera, que ya estábamos tocando al término de tan criminoso viaje.

Desde mi primer encuentro con ella conocí que recordaba aquellos besillos que en otro tiempo deposité yo en sus manos; y, a mayor abundamiento, aproveché todos los descuidos de su esposo y de mi mujer para aumentar el catálogo de los antiguos y reverentes ósculos con media docena que pude plantarle en el carrillo izquierdo, otra media docena en el derecho, y uno de padre y muy señor mío en mitad de su perjura boca; todo esto dando vueltas por nuestro jardín o por el suyo, mientras que su marido y mi mujer (icon remordimiento lo digo!) hablaban de floricultura, o se contaban lo muy felices que respectivamente los hacíamos Antonia y yo... Lo que no podían conseguir nunca los infelices era pasearse por las mismas calles de árboles que nosotros... iTal afán (aparente) poníamos nosotros en perseguir villanos, a falta de primaverales mariposas!

Porque estas escenas ocurrían a mediados de septiembre.

—El domingo se marcha mi marido a Pau, donde estará tres días. El lunes, después que oscurezca (a fin de que no llames la atención de los transeúntes), puedes montar a caballo e ir a verme a mi chalet. Yo estaré en el jardín en el pabellón grande, que, según recordarás, se halla, lo mismo que éste, al extremo de la verja y lindando con el invernadero. Procuraré, además, que la verja no esté cerrada, sino entornada, y que el portero haya ido a la aldea a algún recado que lo entretenga mucho tiempo. Por consiguiente, podremos disponer de dos o tres horas de absoluta libertad, y sin riesgo de que se entere nadie.

Así me dijo Antonia la mañana que almorzó en nuestro chalet con su marido.

Yo no pude menos de admirar (y de sentir) la consumada sabiduría que revelaba aquel plan de batalla.

Es veterana —me dije—. ¡Alguien ha madrugado más que yo!

Pero de cualquier modo, Antonia era todavía muy digna de personificar mis pecaminosas ilusiones. Veinticuatro años; blanca y pelinegra; estéril aún; rica de formas y gallarda de movimientos; risueña, impávida, terrible; con boca de niño y ojos de mujer muy mujer... que ha dicho Perico Alarcón...: tales eran las señas particulares de aquella beldad a los veinte meses de matrimonio.

¡Con ojos negros y ardientes
como una cita en la sombra!
¡Parecía la estatua viva del pecado!

IV

El lunes por la tarde recibí una comunicación (que yo mismo me había escrito, disfrazando perfectamente la letra), en, la cual el alcalde del pueblecillo a que pertenecía nuestro chalet me prevenía que compareciera aquella noche a las siete ante su autoridad, a fin de enterarme de un gravísimo asunto que me importaba personalmente, encargándome mucho el secreto, y advirtiéndome que fuera solo.

El pueblecillo distaría cosa de una legua.

—Ha sido un error; me han confundido con otra persona —tenía yo pensado decirle a mi mujer a la vuelta.

Pero, por de pronto, fingí gran alarma, mucho miedo y extraordinaria curiosidad con lo que partí en el acto, dejando a mi pobre mujer muy afligida...; ¡tan afligida, que hubo un momento en que temí se desmayase...! Por lo cual no me marché hasta que su corazón se desahogó a fuerza de llanto...

Ya veis que no escatimo ninguna circunstancia agravante de mi iniquidad. Falsificador, embustero, verdugo... ¡todo lo fui a un mismo tiempo, con tal de ser, por añadidura, traidor a una fe jurada en los altares y ladrón de la honra de un confiado amigo! Total: cinco infamias.

El auditorio se iba poniendo serio.

El marqués hizo una pausa, y luego continuó en tono más alegre:

V

Era una de aquellas noches de niebla tan frecuentes en los Pirineos durante ocho meses del año.

No se veía nada, absolutamente nada. ¡Ni tan siquiera divisaba yo mi propio bulto!

Pero el arrecife era recto, ancho, llanísimo: tenía árboles y cunetas a los lados, y mi caballo, inteligente por todo extremo, y que ya había ido varias veces de nuestro chalet al de Antonia, no podía extraviarse...

Consideré, pues, más ventajosa que inconveniente aquella espesísima niebla, impenetrable de todo punto, a causa de la oscuridad de la noche... ¡Ni nadie me vería en el camino, ni nadie podría conocerme en el momento de entrar en la casa ajena!

—¡Hay un Dios que protege a los enamorados! —me dije alborozadamente.

¡Y cómo me latía el corazón! Mis antiguos amores con Antonia; aquellas tímidas, embozadas y simbólicas conversaciones propias del noviazgo con una señorita; aquellos rápidos o insuficientes besos que estampé en sus manos de soltera; aquellos otros más audaces, pero no menos ligeros, que había estampado ya en sus mejillas de casada y en su aleccionada y agradecida boca; sus lánguidas miradas en nuestras recientes entrevistas, sobre todo en la última; todo esto constituía, para mi amorosa esperanza, un mundo de ilusiones, de promesas, de indefectibles venturas...

¡Qué larga deuda iba a cobrar! ¡Una deuda de cinco años! ¡Y a qué poca costa! ¡Cómo me alegraba de no haberme casado con Antoñita, sino con mi santa mujer! ¡Qué suerte tan grande la mía! ¡Tener un ángel por mujer propia, y no ser un ángel la mujer ajena! ¡Qué distinta habría sido mi situación, si me hubiera casado con la ingrata que iba a escarnecer en mis brazos la fe conyugal, y me hubiese enamorado luego de la dulce prenda incapaz de pecado que tenía por esposa! ¡Oh doble desventura! ¡Ni la una ni la otra me hubieran amado entonces! ¡La una por mala y la otra por buena, me habrían maltratado igualmente! Y de aquel otro modo, era mío el corazón de las dos: las dos se esmeraban en hacerme feliz; encontrábame a un mismo tiempo venturoso marido y venturoso amante. ¡Seguía siendo el hijo mimado del amor y el nieto favorito de su madre Venus!...

Por aquí iba en mis erróneas y detestables reflexiones, cuando tropezó el caballo y caí.

VI

—¡La caída de Saulo de que hablaba usted antes!

—¡Justamente! ¡La caída de san Pablo! —replicó el antiguo calavera, lanzando una gran bocanada de humo y siguiendo con la vista sus azuladas espirales, que fueron a ennegrecer el techo del gran salón del Casino del Príncipe de esta villa (entonces corte), donde pasaba la presente conversación en tiempos del último ministerio Istúriz.

—Según eso... —observó uno—, se rompió usted...

—¡No me rompí nada, mi general!

—Pues entonces...

—Déjeme usted concluir.

Me levanté ileso (milagrosamente ileso, si se considera que la caída fue por las orejas del caballo); busqué el sombrero, que me costó gran trabajo encontrar en medio de tinieblas tan absolutas; cepilleme con ambas manos, como Dios me dio a entender, y volví a colocarme sobre la silla, no arrepentido todavía (pues yo era más contumaz que el apóstol de los gentiles), sino, antes bien, lleno de mayor impaciencia que nunca por estrechar entre mis brazos a aquella pecadora, cuyas viles promesas me habían hecho dejar a mi bendita mujer llena de tribulación y angustia en la soledad de una casa de campo, en una noche tan triste, en tierra extranjera, contando los segundos, y temiendo a cada instante por mi libertad y por mi vida.

Pero esto lo pienso ahora; pues lo que es entonces solo pensaba en los aguerridos ojos de Antoñita; en su incitante boca; en su sedoso pelo;

en sus brazos, que habían engordado desde que yo le daba el mío al salir de las tertulias de marras; en su talle, no menos redondo que cuando yo bailaba con ella, diciéndole al oído cosas equívocas, cuyo sentido parafraseaban sus ojos y su aliento; en sus pies, por último, que yo pisé tantas veces, cuando íbamos en coche, acompañados de la sombra de Nino de su ya destronada tía, a Carabanchel o a la Alameda de Osuna...

Metí de nuevo espuelas al caballo, y al cabo de un cuarto de hora, sus desperezos y relinchos me denotaron que estaba cerca del paraíso de mis sueños.

En cuanto al noble animal, regocijábase sin duda de aquel modo porque habría olfateado la vecindad del hospitalario paraje en que ya había sido muy bien tratado dos o tres veces.

—¡Gracias, buen servidor! —le dije acariciándolo—. ¡Tú también amas esta mansión de venturas!

El caballo me contestó con una parada en firme, como diciendo:

—Hemos llegado.

Y, en efecto, al través de la niebla percibí dudosamente un punto de claridad, que comprendí era la iluminada ventana del pabellón en que me aguardaba Antoñita.

Me apeé del caballo; avancé a la orilla del camino, y topé con la verja.

Mi corazón brincó de gozo... Pero enseguida me asaltó un miedo muy natural.

—¿Si estará cerrada? ¿Si se habrá arrepentido Antonia? —me pregunté, con el recelo propio del que acude a primera cita de tal clase.

Até el caballo a un hierro de la verja, y luego fui empujando los demás, hasta que al fin cedió uno...

¡Era la puerta que se abría!

—¡Bendita sea! —pensé lleno de agradecimiento ante aquella formalidad de mi adorada y ante aquella facilidad de la cancela... que me anunciaba tantas otras facilidades.

Al mismo tiempo, un fantasma blanco se delineó entre la bruma, y una voz baja, trémula, ronca de emoción y sobresalto, pero llena también de infinita dulzura, murmuró en medio de las tinieblas:

—Juan, ¿eres tú?

—¡Yo soy, mi vida! —le contesté alargando los brazos...

Y palpé unos suaves y tibios hombros, y oí un gemido de placer; y una ardorosa cara, bañada en llanto, se apoyó en la mía; y la misma dulce voz, más amante aún que al principio, pero menos velada ya por la inquietud, me dijo entre dos cariñosos besos:

—¡Ay, Juan! ¡Creí que no volvías nunca!

Era mi mujer.

VII

—¡Sí; era mi mujer!

¡Hallábame en mi casa, en mi propia casa, en el jardín de mi chalet, semejante en un todo al de Antonia y al de todos los chalets del mundo! Cuando me caí del caballo...

—¡Comprendido! ¡Comprendido! —interrumpió el duque—. El animal se volvió, como hacen siempre todos en tal caso, en sentido contrario a la marcha que había seguido hasta entonces...

—¡Exactamente! Y, como yo, con el aturdimiento de la caída y con las vueltas que di para buscar el sombrero, me desorienté por completo...

—¡Eso es!... El caballo prefirió regresar a casita, a seguir corriendo aventuras...

—¡En una palabra! Como yo tenía en aquel momento algo de animal irracional, no caí en la cuenta de que podía muy bien estar desandando lo andado.

—¡Bien! ¿Y qué?

—Termine usted su historia...

—¡Esperamos el desenlace!...

—¿Qué ocurrió después?

—¡Nada! Lo que ya he dicho: que estaba en mi casa, y que tenía entre los brazos a mi mujer, a mi buena Eloísa, a vuestra amigota la marquesa...

—¡Bueno! Pero ¿qué hizo usted? ¿Qué dijo?

—¡Toma! La llevé al pabellón del jardín... —pues también aquel jardín tenía su pabellón correspondiente, en el cual había estado aguardándome la pobre, para hallarse más a la vista de la carretera—: la llevé, digo, al pabellón del jardín y nunca más volví a ver a Antonia, ni a pensar en otra mujer que en aquella legítima y santa que me abrazó llorando de amor y de alegría, precisamente en el momento en que yo creía tener entre mis brazos a su rival.

—¡Pobre Antoñita! —exclamó el duque—. ¡Qué noche pasaría!

Todos soltaron la carcajada.

VIII

—Por lo demás —concluyó el marqués, tirando el resto del cigarro—, háganme ustedes el favor de considerar ahora el respeto que me causaría desde entonces aquel caballo que me había vuelto a la senda de la virtud.

Si yo hubiera sido emperador, como Calígula, lo habría hecho, no digo cónsul, sino catedrático de ética... Pero no era más que marqués, y lo vendí casi de balde, avergonzado de que un animal irracional fuese, dentro de mi misma casa, más digno que yo de las bendiciones de mi confiada esposa.

Madrid, 1874

LA BELLEZA IDEAL

A mi amigo el señor don Carlos Navarro, redactor del periódico La época

I. Sueños de la inocencia

> Ya vi mi cielo yo claro algún día.
> Mostrábaseme amiga la fortuna,
> pareciendo en mi bien estarse queda.
> fray Luis de León

—Volvamos a las aventuras de viaje... —dijo Enrique—. A mí me sucedió...

—¡Hola! ¡También usted ha tenido aventuras amorosas!...

—Sí, señor; pero nada más que una, allá en los tiempos en que por primera vez vine a la corte...

—¡A ver! ¡A ver! Oigamos a este poeta humorista...

—Oigámosle ¡Pero que hable con formalidad!

—Tomaré la cosa desde el principio, y procuraré ser lo más formal que pueda. El caso fue el siguiente:

Hace ya muchos años que se publicaba en Madrid un periodiquito liberal, divinamente redactado, que tenía por título El Observador.

Estaba suscrito a él el boticario de mi pueblo, así como yo estaba abonado a la tertulia de su trasbotica, por lo que di en la mala costumbre de leer diariamente El Observador desde la cruz a la fecha, cosa que llegó a trastornarme el sentido, ni más ni menos que al ilustre Quijada la lectura de los libros de caballerías.

Como los periódicos se mezclan en todo y lo toman tan a pechos, que no parece sino que a ellos les importa algo el que el diablo se lleve la cantarera, aconteció que, al cabo de algunos años, cuando apenas contaba yo dieciocho, se me había pegado la fatal manía de meterme en los cuidados ajenos, haciendo míos los asuntos de todos los españoles, inclusos los ministros y los diputados, quienes maldito el caso que hacían de mis negocios. Sin conocer a Cortina, me peleaba por si había hablado bien o mal, u obrado tuerto o derecho: sin ser, no digo soldado, pero ni siquiera quinto, deseaba la prosperidad del ejército; y, aunque no pertenecía a la familia real, recé alguna vez por que la reina pariese varón...

No era esto lo peor, ni lo que más hace a mi cuento (puesto que hoy no trato de mis ilusiones políticas, y sí de mis ilusiones amorosas), sino que, como El Observador traía también gacetilla y sus puntas de novela, con más algunas críticas de teatros, empecé a trabar conocimiento mental con los autores y con los cómicos, y a querer a éste y a aborrecer a aquél, según lo que al articulista se le antojaba, como también a desear ver la calle de Carretas, el café Suizo, la Fuente Castellana y los demás sitios y lugares que citaba el periódico a cada paso.

Por consecuencia de esta clase de locura, era muy frecuente oírme hablar de Madrid, como si hubiese nacido en la Puerta del Sol, y armar con el farmacéutico, que también estaba algo tocado de la cabeza, polémicas como la siguiente:

—¡Le digo a usted que el Ministerio de Fomento está en la calle de la Montera!

—¡No, señor! ¡Está enfrente del café Suizo!

—¡Qué café Suizo ni qué demonio! Eso lo inventa usted...

—¡Cómo que lo invento! —replicaba yo—. ¡El café Suizo ocupa la misma casa en que vivió Espartero; y en él cuesta dos reales un par de huevos fritos, y hay un mozo que se llama Capelín!...

—¡Hombre, usted se cree todo lo que le dice el comandante de armas!...

—No, señor; que lo he leído en las Escenas Matritenses.

—¡Ah! Sí; de El Curioso Parlante. Vamos a ver: ¿a que no sabe usted quién es El Curioso Parlante?

—¡Toma! Fray Gerundio.

—¡Quiá, hombre! ¡Fray Gerundio es Fígaro! El Curioso Parlante es don Modesto Lafuente.

—¡Ah, es verdad! El que se suicidó. No me acordaba.

Pues bien: enterado, como podéis ver, de la topografía y crónica madrileñas; creyendo a puño cerrado en todas las conspiraciones, robos, secuestros, coronaciones de actrices y demás cosas extraordinarias que me contaba El Observador; y presa, por añadidura, de un vivísimo deseo de topar con alguna de aquellas mujeres que veía retratadas en las novelas, y que en nada se parecían a las de mi pueblo, tomé el portante hacia Madrid por esos caminos de Dios, lamentando que no fueran caminos del gobierno de Su Majestad, su representante... representativo en la Tierra... Tenía yo entonces diecinueve años.

Sin accidente digno de mención atravesé en diligencia media Andalucía y toda la Mancha, y llegué a Aranjuez, donde tomé el tren del ferrocarril (que por cierto llamaba entonces mucho la atención de los mismos cortesanos, por ser todavía el único que habían visto).

Recuerdo que en aquel momento eran las cinco y media de una tarde de primavera, de una hermosísima tarde, de una de aquellas tardes que se acaban a las siete y treinta minutos, y que habréis de permitirme pintar poéticamente, por convenir así, hasta cierto punto, al sentido filosófico de mi relación.

II. Un baile de confianza

Suelta el arador sus bueyes:
y entre sencillos afanes,
para el redil los ganados
volviendo van los zagales.
Suena un confuso balido,
gimiendo que los separen
del dulce pasto, y las crías
corren llamando a sus madres.
Meléndez

Cuando ya han concluido los bailes de máscaras en las poblaciones de los hombres, y mientras éstos se dedican a rezar y a comer pescado, acontece que los astros y las flores dan principio a unos bailes ce confianza, sin los cuales el mundo se habría acabado hace mucho tiempo.

Todas las tardes, no bien se pone el Sol rubicundo de Tauro, Géminis o Libra, empiezan los grillos a tocar la bandurria entre las matas de habas, y las ranas de los pantanos a remedar la gaita gallega. Entonces principian a coquetear, a decirse amores y a bailar en cielos y Tierra todos los

123

átomos cadavéricos del año anterior y todos los átomos de fuego del año que ha de venir. Las hojas secas de la primavera pasada abonan la planta nueva, cubierta ya de botones. La podredumbre se convierte en aroma; la muerte en vida. Los miasmas se visten de limpio, y a fuerza de valsar en alas del viento, logran captarse la voluntad de los álamos negros y contraer matrimonio con los mimbres y los panjiles. Cuando empieza a anochecer, no hay partícula de tierra que no cuchichee con su vecina; no hay hormiga, ni hoja, ni lucero, que no tenga su pareja; no hay pájaro, molécula mineral ni fibra de arbusto que no haya hecho una conquista. Entonces se escucha un murmullo intenso, un millón de requiebros dichos a media voz, una extraña confusión de gritos, de cantos, de besos, de suspiros, que dura hasta las doce de la noche, hora en que todo aquel enjambre de nuevos esposos se dice melancólicamente: Bon soir.

¡Ah! ¿quién lo ignora? Durante esas tardes es cuando el corazón de todos los jóvenes siente un hambre de amor tan infinita, que su pecho se dilata sediento, como la nariz del nervioso que ha percibido cualquiera de los tres grandes olores que hay en el mundo. (Ya sabéis de qué tres olores hablo: del olor a tierra mojada por agua de tempestad, del olor a mujer y del olor a papel impreso. Creo que este último olor fue el que me trajo a Madrid.) Os decía que en esas tardes no se puede vivir sin una compañera del alma, mucho más si se ha tenido alguna y se ha perdido, y muchísimo más si no se ha tenido ninguna todavía, como a mí me pasaba en aquel entonces; porque en esas tardes nuestro ser nos avisa de que un hombre es la mitad de un algo y no un todo completo, de que cada cual tiene en el mundo su media naranja, y de que la juventud se evapora sicut nubes, cuasi aves, velut umbras.

III. Una mujer misteriosa

Los campos les dan alfombras,
los arbustos pabellones,
la apacible fuente sueño,
música los ruiseñores.
    No hay verde fresno sin letra,

ni blando chopo sin mote;
si un valle Angélica suena,
otro Angélica responde.
Góngora

Pues señor, decía que era una de esas deliciosas tardes...

Al entrar yo en el vagón de primera clase que debía traerme de Aranjuez a Madrid, me encontré con lo que más había deseado al salir de mi pueblo; con el bello ideal de las aventuras; con una compañera de coche, bella, elegante y sola.

—¡Drama tenemos! —me dije para mi capote.

—Buenas tardes... —dije para la capota de mi vecina.

—Buenas tardes —respondió la mujer de la capota.

Pero ¡qué capota!

Y ¡qué mujer!

Treinta años, egregia pechera, ojos soñolientos, traje escocés, nariz algo levantisca, bonitos dientes, blanquísimas mangas, manos guanteadas con primor, hoyos en las mejillas, relojito de oro, atrevido peinado, un perro habanero, un precioso saco de noche, sombrilla de color de tórtola, mantón gris de capucha caído por la cintura, cintura redonda, escote alto... y un libro..., quizás una novela..., una novela cuyo héroe podría muy bien parecerse a mí... Tal era mi compañera de viaje.

Una reverencia fue la contestación a mi saludo.

—¡Ven acá, Selim!... —murmuró, llamando al perrito y quitando la sombrilla y el saco del diván que había enfrente del suyo; todo con objeto de dejar a mi disposición aquel testero del coche.

—Gracias, señora... —dije acariciando al perro—. ¡No incomode usted a esta preciosidad!

Y enseguida me puse a discurrir sobre si la palabra preciosidad habría parecido ridícula a aquella señora, de quien ya estaba perdidamente enamorado.

—¿Quién será? —me pregunté después a mí mismo.

Y las gacetillas de El Observador, que recordé en aquel instante, me hicieron sospechar: I. Si sería una conspiradora. II. Si sería cierta reina que por entonces viajaba de incógnito. Y III. Si sería cualquiera de las poetisas, actrices, pintoras, cantatrices y mujeres políticas cuyo nombre sabía yo de memoria. ¡Ah, era tan bonita digo, tan grandiosa!

De resultas de todo lo cual, aquella mujer me inspiró supersticioso respeto, y temí que llegáramos a la corte sin empezar el primer capítulo de cualquiera de las novelas que se me habían ocurrido al hallarme solo a su lado.

Pero ¡oh dicha! Ella misma vino en mi ayuda, y me sacó a barrera.

¡Qué despacio anda el tren! —exclamó, cerrando el libro, sobre cuya cubierta leí: La víctima del amor.

—¡Cosas de España, señora!... El gobierno... principié a decir.

—¿Es usted estudiante? —exclamó, interrumpiéndome.

—No, señora; soy, es decir, pienso ser diputado a Cortes por mi pueblo.

—¿Cómo se llama usted?

—Enrique, etc., etc.

—Parece usted andaluz

—Como que soy cordobés... ¡Lo habrá conocido usted en el acento! Usted parece también andaluza, no por el acento, sino por el tipo... Esos ojos...

Aquí debí de ponerme muy colorado. Lo que puedo asegurar es que se me secó la boca y no pude continuar la frase.

La mujer extraordinaria me miró en tercera, cosa que hacía con sumo primor; y dijo enseguida, dirigiendo al cielo otra mirada que podré llamar ataque falso, o si se quiere fingimiento.

—¡Estos ojos, señor mío..., me han hecho sumamente desgraciada!

—¡Oh, ventura! —repliqué sin saber lo que me decía.

La dama misteriosa fijó en mi boca otra mirada baja recibiendo (que así mezclaba la esgrima con la tauromaquia), y replicó lentamente:

—Preferiría tenerlos azules... como usted. Y se puso colorada.

Yo mudé de diván y me coloqué a su lado, a la derecha.

—¡Qué perfil! ¡Qué torso! ¡Qué talle! ¡Qué blancura la de su garganta, y qué peto el de su vestido! ¡Qué flujo y reflujo el de su respiración! ¡Cómo se hinchaba de suspiros la potente ola de su redondo seno! ¡Qué sístole y diástole tan provocador trabajaba sordamente para destruir el muro de su corsé!

¡Ah! Yo maldigo la escuela literaria que abominó de las mujeres gruesas. ¡Una robusta matrona, sabiamente modelada por una modista, vale más que todas las éticas del romanticismo!

—¡Su nombre de usted, señora!... ¡Su nombre!... ¡Yo necesito saber a quién amo! —exclamé cruzando las manos con idolatría.

—Caballero, pásese usted al diván de enfrente, y nos entenderemos. No abuse usted de su posición —respondió la desconocida rechazándome con mano vigorosa cuando no era necesario todavía.

Yo saboreé las delicias de aquel miedo y la presión de aquella mano, que había incendiado mi hombro izquierdo, y retrocedí, como el toro, para caer luego con más brío sobre mi presa.

Heme aquí, pues, colocado otra vez de frente.

La dama se tranquilizó, de donde yo deduje que los costados o flancos eran lo más débil de aquella fortaleza...

¡Y no os riáis! Hay mujeres inexpugnables si se las combate de frente, que no pueden resistirse a una declaración hecha de perfil. Son estudios de táctica amorosa que no están al alcance de todos, y que yo hice desde mi menor edad. Toda mujer gruesa que se ve obligada a volver la cabeza un poco, pierde algo de su dignidad y aun de su hermosura; pérdida que compensa inmediatamente con nuevas monerías.

Decía, pues, que la desconocida se tranquilizó.

Estábamos entre Pinto y Valdemoro.

Pasaron algunos minutos de silencio.

—Se conoce, caballero —exclamó la desconocida reparando en la atención con que yo miraba las estaciones—, que es esta la primera vez que viene usted a Madrid.

—¡La primera y la última, señora! —respondí con terrible acento.

—¡Qué! ¿Piensa usted matarse?

—No, señora... Pero pienso unir mi vida a la de usted..., fijar mi residencia a su lado..., vivir en su misma casa, si es posible!

—¿Cómo? ¿No tiene usted familia en Madrid? —profirió con voz dulcísima, que parecía revelar el más tierno interés.

—¡No, señora! —respondí trágicamente.

—¿Ni casa?

—¡Ni casa!

—¡Desventurado niño! —murmuró con un tono tan patético, que no me dejó duda acerca de la sensibilidad exquisita de la viajera.

—¡Tan joven! —prosiguió envolviéndome en una mirada casi maternal—. ¡Tan joven, y se arroja solo a los mil peligros de la corte, sin conocer las calles!... ¡ni las casas, que es lo peor! ¡Ah! ¿Qué sería de la juventud de hoy que tan prematuramente echa a volar, abandonando el hogar pater- ' no, sin estos encuentros providenciales de los que podré llamar pupilos sin tutor, con nosotras las Hermanas de la Caridad, paisanas secularizadas, que bien puedo llamar así a la institución que represento en este coche y en este instante? ¡Joven, descuide usted! ¡Queda usted bajo mi patrocinio, bajo mi protección! ¡Ya no estará usted solo en Madrid!

—¡Ah!... ¡señora!... —balbuceé queriendo arrodillarme...

—¡Ni una palabra más, caballero! —se apresuró a decir la Hermana de la Caridad, paisana y secularizada, conteniendo con su robusto brazo la ya principiada flexión de mi individuo—. ¡No es cosa, señor mío... —continuó enfáticamente—, de que usted confunda el interés que me inspira, con uno de esos amores o caprichos que brotan a cada instante del choque de dos jóvenes sensibles que se encuentran solos como nosotros en un camino!... ¡No! ¡Es más noble, es más santo, es más formal el sentimiento que me ha unido a usted, al saber que está solo sobre la Tierra! Respéteme usted, por tanto...

Dijo, y sus palabras me dejaron frío como un sorbete.

—Pero era tan guapa, y sobre todo tan anchurosa, que me entregué confiado a aquella sumisión, a aquella dependencia, a aquella subordinación que me exigía.

—Dejémosla disponer... —me dije—. ¡Esta mujer tiene iniciativa! Será viuda... y necesitará un administrador de sus bienes... O viajará buscando conspiradores que le ayuden en alguna trágica empresa.

Y, hecha esta reflexión, me reduje a un papel completamente pasivo.

Que me hablaba... Le respondía.

Que no me hablaba... Guardaba yo silencio.

Que extendía ella sus pies y tropezaban con los míos... ¡Quietos mis pies!

Que, estando asomado yo a una ventanilla del coche, se asomaba ella a la misma, electrizándome con el contacto de sus valientes formas, con su dulce calor, con su vivo perfume, con su delicioso peso... Nada... ¡paciencia y tragar saliva!

Que, al hacer ambos un movimiento uniforme y simultáneo, chocaban mis garrosas rodillas con las suyas, redondas y suaves aun al través del miriñaque que las cubría... ¡Yo me hacía el desentendido y ponía la imaginación en el porvenir!

Solo recuerdo haber empleado medios de acción en una coquetería muy sencilla, pero muy trascendental, que os aconsejo empleéis siempre que queráis dar que pensar a una mujer y que a mí se me ocurrió por instinto desde que llegué a la adolescencia.

Redúcese a procurar que no se encuentren nunca ni vuestros ojos ni vuestras sonrisas, o por mejor decir, a clavar la vista en sus ojos cuando ella la clave en vuestra boca, y a clavar la vista en su boca cuando ella mire vuestros ojos.

Y es que se ha descubierto recientemente que se turba mucho más una mujer cuando estudiamos su sonrisa, que cuando estudiamos su mirada. Además, que el hombre que mira los labios, dice por este solo hecho que es materialista. Las almas hablan por los ojos: los cuerpos por la boca. Mirar a la boca es ir derecho al asunto. Y esto sin contar con que la mujer no tiene sobre sus labios el mismo dominio que sobre sus ojos: así vemos que a lo mejor le tiemblan, haciendo lo que suele llamarse pucheros, o se le secan a pesar suyo, cosas ambas que no puede ocultarnos tan fácilmente como oculta los fenómenos meteorológicos de la mirada.

Pues ¿queréis creerlo? Esta difícil y acreditada táctica amorosa no dio ningún resultado con aquella mujer excepcional. ¡Estaba visto que los medios de acción eran inútiles con ella! Y, sin embargo, su majestuosa actitud parecía decirme:

—Confía y espera.

Por lo demás, el calor con que había tomado a su cargo mi futura suerte iba en aumento.

Llovían las preguntas y los consejos, y, al llegar a la estación de Atocha, al poner el pie en Madrid, conocía ya mi posición, mis recursos, mis proyectos, mi historia, mi edad, mi estado sanitario ¡toda mi biografía!

Indudablemente era una conspiradora.

En cuanto a mí, declaro que al ver que terminaba el viaje y que me sería forzoso separarme de la desconocida, se me oprimió el corazón fuertemente, y murmuré casi llorando:

—¡Todo ha sido un sueño!... Llegó la hora de la separación. ¡Quién sabe si volveré a verla a usted! Usted se olvidará de mí dentro de cinco minutos...

—¡Olvido! ¡Separación! ¿Qué está usted diciendo? —replicó aquella mujer indescifrable—. ¡Usted corre ya de mi cuenta!

En esto nos apeamos del tren.

IV. La isla afortunada

Tórtola amante, que en el roble moras,
endechando en arrullos quejas tantas,
mucho alivias tus penas, si es que cantas,
y pocas son tus penas, si es que lloras.
Pedro de Quirós

—¡Antonia! ¡Antonia!... —exclamó un hombre gordo y rubio, de esos que no gustan a ninguna mujer, adelantándose hacia mi compañera de viaje.

—¡Señora! —tartamudeé, retrocediendo un poco y disponiéndome a huir.

—No tenga usted cuidado, caballero... —dijo ella—. Es mi marido.

—¡Zape! —pensé, estremeciéndome—. ¡Y me dice que no tenga cuidado! Esta mujer es Margarita de Borgoña.

—Ahí está el coche... —dijo el hombre gordo—. Ven por aquí, pichona... ¿Te has divertido mucho?

Y luego le preguntó no sé qué cosa al oído, mirándome de soslayo.

—Podemos contar con él —respondió Antoñita con un tono de voz que me heló de espanto.

Indudablemente había caído en el foco de una horrible conspiración. Aquella señora era otra madame Staël, cuando menos.

—Síganos usted, caballero... —profirió el hombre gordo—. Entre usted en el coche. ¡Con franqueza!

Yo me resistí; pero Antoñita me sonrió tan amistosamente, que subí, no sin estremecerme otra vez.

Cruzamos paseos y paseos; luego calles y calles, y entramos al fin en la del Príncipe, donde hizo alto el coche delante de una buena casa.

Yo me apeé el primero, y di la mano a la misteriosa Antoñita.

Quitéme luego el sombrero, y dije:

—Gracias, señora; gracias por todo. Usted me permitirá volver a visitarla...

—¿Qué? ¿Se va usted?

—Sí, señora; voy por mi equipaje a la administración de diligencias...

—Su equipaje de usted... —respondió el hombre gordo— viene con el de Antonia en otro coche.

—Suba usted; suba usted, y descansará... —añadió Antoñita.

—Pero, señora... —murmuré, cada vez más asombrado.

—Enrique, ile digo a usted que suba! —repitió con un despotismo que solo podía ejercerse en nombre del amor.

Subí, y detrás de mí subió mi equipaje.

Entramos en un salón lujosamente amueblado, como no había visto ninguno en mi pueblo, ni tan siquiera en mi casa, con ser yo tataranieto de un marqués...

Eran ya las ocho de la noche, y había luz artificial en cuantos aposentos vi al paso.

Antoñita continuó:

—Siéntese usted con franqueza... A ver... ¡Juana!... toma la bolsa de viaje de este caballero, y su sombrero, y su paletot, y límpiales el polvo... Tráele un refresco de naranja.

—Pero, señora... ¡Si no tengo sed!

—¡Déjese usted cuidar, pobre niño! —exclamó mi curadora, dándome una palmadita en el muslo derecho.

Volvió la doméstica, torné la naranjada y me levanté para marcharme.

—¿Dónde va usted a esta hora? —dijo ella—. ¡Jesús, qué hombre tan tímido! Pase usted ya aquí la noche..., y mañana haremos lo que sea mejor. No tenga usted tanto miedo a Madrid... Aquí hay de todo, como en todas partes.

Yo la miré con idolatría.

Ella bajó los ojos Y me hizo una reverencia.

El hombre gordo había salido.

—¡Ah!... ¡señora!... —murmuré entonces, cogiéndole una mano—. ¡Señora de mis entrañas!...

Y mis ojos debieron de añadir: «¡Sáqueme usted de penas!».

—Vamos; repórtese usted... —replicó Antoñita—. Venga usted a su gabinete, y seamos buenos amigos. Nada tiene usted que temer en esta casa...

Dijo, y me hizo entrar en otra habitación, que daba paso a una alcoba.

—Vea usted su cama —añadió, encendiendo la palmatoria—. Descanse usted y fíe completamente en mí... Yo duermo aquí cerca. Conque hasta más ver...

Y sin darme tiempo para contestar, salió, cerrando con llave y dejándome solo...

—¡Oh! ¡Me ama! ¡Me ama! —exclamé en mis adentros—. Me ha dicho: hasta más ver... ¡Es decir, que volverá esta noche cuando se duerma su marido! ¿Ni qué le importa a ella su marido? ¡Con qué tono de superioridad y desprecio lo trata! ¡Adelante! ¡Adelante! Conspiración, secuestro o lance de amor, ¡yo te acepto con todas sus consecuencias!

Dije, y me acosté.

Pero ¿cómo dormir? La redonda y potente figura de Antoñita no me dejaba pegar los ojos. A cada momento creía verla entrar en mi alcoba, mal envuelta en un peinador blanco, con una lámpara en la mano izquierda y un puñal en la derecha, cuando no con un dedo sobre la boca, andando de puntillas...

Así pasé horas y horas, levantándome y acostándome, estudiando los muebles y dándole cuerda a mi reloj.

A eso de las tres de la madrugada oí dos golpecitos a la cabecera de mi cama.

Todo me estremecí.

—¡Duérmase usted! —articuló una voz al través del tabique.

Era la voz de Antonia.

—¡Antoñita! —murmuré.

—¡Cállese usted y duerma!... —replicó la voz—. Va usted a despertar a todos los de la casa.

—¡Ah!... —me dije trémulo de placer—. Me encarga que apague la luz y que me haga el dormido. ¡Todo lo comprendo!

Y, apagando la vela y sumergiéndome bajo las sábanas, me puse a fingir que roncaba.

Pero era tan tarde, y hacía tantas horas que no había dormido cómodamente, que mis ronquidos se fueron formalizando poco a poco. hasta que empecé a roncar de veras.

No hacía dos horas que dormía, y precisamente cuando soñaba una escena terrible en que Antoñita hacía el papel de prima donna, sentí abrirse la puerta de cristales de mi dormitorio, y vi, entre los primeros relampagueos del despertar, una figura blanca y vaporosa que se acercaba a mi lecho...

Era ella.

V. El cuerpo y el alma

Volvió a sus juegos la fiera
y a sus llantos el pastor,
y de la misma manera
ella queda en la ribera
y él en su mismo dolor.
Gil Polo

—¿Abro el balcón o enciende usted la palmatoria? —me dijo a media voz.

—Ni lo uno ni lo otro... —respondí, apresurándome a ponerme la bata y a echar pie a tierra.

—No es menester que se levante usted... —respondió Antonia, dejando sobre la mesita de noche cierto objeto que sonó con el retintín de un arma.

Yo creí que había soltado una pistola... destinada indudablemente a defendernos de su marido, caso de que nos sorprendiera.

Un estremecimiento de placer circuló por todo mi cuerpo. Apenas acertaba a hablar.

—¡Antoñita!... —balbuceé por último—. Yo no puedo vivir así...

—¿Por qué razón? —replicó ella—. ¡Hable claro! ¿Tiene usted alguna queja que darme? ¿No vengo yo misma al amanecer?...

—¡Oh, sí!... ¡usted es un ángel! —exclamé poniéndome de rodillas.

Pues, entonces, ¿a qué viene todo esto?

—Tiene usted razón... ¡Perdone mi injusticia!... ¿Cómo pagarle a usted?... ¿Cuándo podré yo pagar?...

—¿Qué escucho? —interrumpió ella, retrocediendo—. ¿Ya me habla usted de no poder pagarme?

—¡Ah!... Perdone usted... Antoñita...

—¿Por quién me ha tomado usted, Enrique? ¿Conque todo ha sido un engaño?

—¡Oh!... no... no es eso... —gemí, abrazándome a sus piernas.

—¡Suélteme usted!... —añadió con una grosería que me dejó espantado—. ¿Está usted descontento del gabinete? ¿No es buena la cama? ¿Cree usted encontrar, por quince reales que pensaba llevarle, una casa de huéspedes como ésta? Pero... ¡ah! Todo lo comprendo: usted es un petardista que viene a Madrid sin un cuarto. ¡Dichosamente lo he sabido a tiempo! ¿Con que no puede usted pagarme?... ¿Conque tenía pensado estafar a esta infeliz pupilera?... ¡Oh!... Pues lo que es yo, vuelvo a llevarme el chocolate... ¡Tome usted rejalgar!

Dijo, y se llevó lo que al entrar dejara sobre la mesa de noche; lo que yo había creído una pistola; todo lo que debía esperar de aquella beldad; el emblema de aquel amor, de aquel viaje, de aquella dramática aventura;

el resultado de mis sueños y esperanzas; la realidad de tantas ilusiones, de tantas conjeturas, de tantos delirios... ¡Una jícara de chocolate!

—¡Oh mundo! ¡Oh demonio! ¡Oh carne! —exclamé entonces—. ¡Os complacéis en modelar una mujer con un poco de barro; cifráis en esa mujer toda vuestra poesía; redondeáis sus formas; coloreáis su semblante; ponéis la luz del Sol en sus ojos; plegáis sus labios como una rosa y los animáis con un eterno beso; la empaquetáis luego en un corsé, la vestís de crujiente seda, la perfumáis con agua de colonia, y la hacéis aparecerse al hombre como una hada, como una sílfide, como una musa! A su contemplación tiembla el hombre, enloquece el artista, se extasía el poeta. El alma, siempre ambiciosa y crédula, imagina que aquélla es la belleza ideal, el eslabón intermedio entre el cielo y la Tierra, el arquetipo del amor, la nota divina del sentimiento humano, ¡y esa mujer, ese ángel, esa diosa... es a veces una pupilera romántica y cursi, que os lleva quince reales diarios por vivir en vuestra compañía, por haceros la cama, por serviros el chocolate!

¡Horror, execración al sensualismo artístico, a la idolatría de la figura humana, a la adoración de la forma por la forma! ¡Anatema sobre la poesía de las narices, sobre la sublimidad de las orejas, sobre el idealismo de los torsos! ¡Rayo y trueno en la hermosura a secas; en las fachadas de mujer, sin mujer; en las máscaras terrenales: en todo miriñaque de arcilla que encubra la imperfección o el vacío!

Haciendo estas reflexiones, arreglé de nuevo mi equipaje; di a la criada un Napoleón, y, sin despedirme de Antoñita (que ya me hacía el efecto de una decoración de La Pata de Cabra vista a la luz del Mediodía en mitad de la calle), salí de aquella casa, tumba de mis románticas ilusiones y cuna de mi verdadero espiritualismo, y me dirigí a La Rueda a tomar chocolate con ensaimada.

Madrid, 1854

EL ABRAZO DE VERGARA

I. Impresiones fuertes

Pues que de aventuras de viajes se trata, permitidme a mí también referir una que no desmerece de las ya leídas, y que deja tan malparados como la anterior a los que confunden a la mujer con la hembra, desconociendo que la base de operaciones y el objetivo del amor humano deben residir en el alma, y de manera alguna en el cuerpo de los beligerantes.

Oíd y temblad, como dicen los tenores de ópera.

Era una tarde de mayo...

(Los novelistas ponen la escena en el verano cuando escriben en el invierno, y viceversa. El autor la pone en la primavera, porque escribe en el otoño. Esto prueba que nadie se halla contento con lo que posee. Pocos Rubens tuvieron la humorada de retratar a su mujer en sus cuadros. Rafael hizo tantas ediciones de una panadera, porque no era enteramente suya; es decir, suya por la Iglesia. Aristóteles... Pero ¿adónde vamos a parar? ¡Basta de paréntesis!)

Corría (esto es, andaba al mismo paso que anda siempre el tiempo) el año de 18... (¡vaguedad sobre todo!)

El autor no recuerda el día... Solo sabe que lo vio amanecer allende los Pirineos, desde las persianas de la berlina de una diligencia, y que lo veía morir en España, aquende los Pirineos.

El autor (entiéndase que no hablo de mí, pues yo no soy más que el editor de la presente historia. El autor de que se trata es el del manuscrito de donde está sacada mi relación...).

El autor, vuelvo a decir, iba pensativo. Aquella brusca transición de la opulenta Francia a la pobre España, de un idioma a otro, y principalmente de un imperio a un reino, traíale caviloso, meditabundo, cariacontecido.

Pero tanto se abismó en sus pensamientos, tan apacible era la tarde, tal la calina del ambiente, que se quedó más dormido que cochero en puerta de baile.

Y el autor durmió mucho tiempo, como un lago sin brisa, como un alma sin penas, como un corazón sin dudas, como un pájaro entre las hojas, como una barca entre los juncos, como la mar en el verano, como un desdichado en la tumba, como la desesperación después de las lágrimas, como un niño en el regazo de su madre, como la esperanza al pie del altar de Cristo, como Voltaire cuando leía las obras de Rousseau...

Y así continuó durmiendo, mientras la diligencia serpeaba alrededor de los montes, en el fondo de los valles, en la cumbre de las colinas... Y el zagal en tanto cantaba, silbaba, mayaba, gruñía... y los caballos galopaban, y el látigo crujía, y las campanillas sonaban, y el polvo hacía remolinos, y un panorama sucedía a otro, y la distancia se deshacía bajo de las ruedas...

Soñó el autor entonces que iba en un carro aéreo; que viajaba en el espacio; que era Faetón; que nadaba en piélagos de luz; que tenía alas, horizontes, libertad; que a su lado volaba una mujer, una ninfa, una hurí; que esta visión esplendorosa se inclinaba dulcemente sobre él y le apartaba del rostro los cabellos, y lo miraba, y se sonreía... Y que esto no era soñar, y que no estaba dormido, y que despertaba, y que...

¡Tableau! —como dicen los franceses.

II. Un dúo de Auber

El autor vio enfrente de sí una mujer de veinte años, cuyas señas personales irá diciendo; una bellísima mujer; una Eva del siglo XIX; una de esas mujeres que codician todos los hombres a los tres segundos de mirarlas; una mujer de aquellas que son esbeltas, aunque se envuelvan en un manto; hermosas, aunque se cubran con un antifaz; elocuentes, aunque callen; elegantes, sin vestirse; garbosas, sin andar; adorables, sin pretenderlo; una mujer, en fin, toda armonía, cuyo pie hubiera bastado a cualquier hombre bien nacido para adivinar el conjunto, pues los hombres bien nacidos tienen, en materia de mujeres, el instinto de la proporción y la ciencia de la simetría.

Era pálida, no como la dolencia, sino como el dolor; rubia como la aurora, y blanca como la leche. Una capa negra la envolvía; pero el autor, Pigmalión y mago, animaba la oculta forma con el fuego de su mirada. Aquella figura trastornaba la imaginación como un delirio de Hoffman o como un vertiginoso vals de Weber.

¿Quién era? ¿Cómo se llamaba? ¿Adónde iba? ¿De dónde había llegado?

¿Era un nuevo sueño tanta ventura? ¡Verse solo con semejante mujer; solo y lejos del mundo; empaquetado con ella en un cajón de dos varas de longitud y una de anchura! ¡Oír su respiración, respirarla, tocar su traje, sentir su calor, poder mirarla horas seguidas, verla dormir, acariciarla con los ojos!... Y luego, la noche... la noche que llegaba con sus sombras; toda una noche entera, y todo el día siguiente, y hasta dos días, sin duda, puesto que tamaña hembra no podía ir sino a la corte... ¡Oh! ¿Qué más se puede pedir a la fortuna? ¿Qué más otorga una querida, después de un año de memoriales? ¡Ah! El autor no debe creer en tanta dicha... Pero la acepta por el pronto. La predestinación existe. Dios ha combinado aquel encuentro ab initio. El autor no puede menos de amar a la desconocida... ¡La ama ya! ¡Sí! El autor amaba por millonésima vez.

—Señora... —murmuró entonces inclinándose.

La joven se inclinó también.

Pero no al mismo tiempo.

De lo contrario, se hubieran aporreado los dos; pues estaban frente a frente y de la frente de él a la frente de ella no había la distancia de un saludo.

—Señora... —prosiguió el autor—. Seré breve. Tengo que hacer a usted una consulta. Yo me estoy enamorando de usted de un modo atroz. ¡Si usted no ha de corresponderme, me es absolutamente necesario abandonar la berlina y pasarme al interior!

La hermosa saludó, como dando las gracias.

—Señora... —prosiguió el autor, principiando a desconcertarse—. En lo que digo no hay exageración alguna. ¡Yo no puedo pasar la noche al lado de usted; yo no debo verla más; yo no quiero hacerme infeliz para toda la vida! Los corazones exaltados son capaces de pasiones fosfóricas, repentinas, fulminantes. ¡Yo la adoro a usted, señora! Ahora bien; si usted no ha de amarme; si he de verla para perderla; si, he de encontrar un tesoro para dejarlo... aún es tiempo: ¡abandono la berlina!

La joven permaneció impasible.

El autor se veía en el caso de un marido que dice a su mujer:

—¡Voy a echarme por la ventana!... —y no es retenido por su cara mitad.

Mudó, pues, de argumentación.

—¿Qué necesidad tenía yo —dijo— de conocer a usted? ¿A qué mostrar al sediento el agua, si no ha de beberla? ¡Los ciegos no deben saber que hay luz! Usted misma, señora, usted misma ha debido ocultarme su hechicero rostro, desde que conoció que no llegaría a corresponder a mi cariño... ¡Pero usted no lo ha hecho así! ¡Usted conspira contra mi salud, contra mi constancia! ¡Usted me hiere con premeditación y alevosía! ¡Usted merece morir ahorcada por mis brazos!...

La joven sonrió, bajó los ojos y se puso colorada.

El autor tembló de placer.

—¡Hola! —pensó enseguida.

Pensamiento que no puede menos de honrarle.

Después sintió, porque es muy sensible, que sus ojos ardían entre sus párpados y que su corazón latía con irregularidad.

Este fenómeno es de muy mal agüero.

—Perdone usted si le ofenden mis palabras... —añadió el autor—. Y, si no me perdona, dígame usted que me marche, que me aborrece, que tiene miedo de mí... Pero ¡hábleme de cualquier modo!

Nuevo silencio, nuevo rubor, nueva sonrisa...

Iba, pues, el autor a seguir su perorata, cuando la deidad alzó los ojos, y con voz pura y suave, pronunció dos o tres palabras en un idioma ininteligible, en alemán probablemente.

El gesto con que acompañó estas palabras, quería decir sin duda alguna:

—Caballero, soy extranjera, y no comprendo jota de lo que usted me dice.

El autor quedó atolondrado.

La joven volvió a bajar los ojos.

El autor mudó de táctica, y cogió una mano a la extranjera.

La extranjera retiró la mano.

El autor buscó los pies de la joven.

La joven escondió los pies.

La declaración estaba formulada en el idioma primitivo, en el lenguaje natural.

Entonces clavó el autor sus ojos en la cara de la desconocida.

De este modo transcurrieron quince minutos de reloj.

Al mediar el minuto decimosexto, abrió los ojos la alemana.

El autor recuerda en este instante que eran azules.

Un relámpago brillaba en ellos.

Pero no por esto se crea que tenían nubes o cataratas.

El turquí del firmamento no era tan puro en aquella tarde de primavera como las dos pupilas que hablaban con las del autor.

El autor tiene los ojos negros.

Con ellos vio que el pecho de la joven se dilataba, y que su mano se dirigía a un cristal de la berlina.

—¡Ya consume más oxígeno que yo! —pensó el autor, bajando el cristal, y no sin esperanza de volver a subirlo.

La joven dio las gracias al autor con una mirada de doce segundos.

El autor besó con sus ojos los ojos que le daban las gracias.

Cuando cuatro ojos menores de veinticinco años se tutean, Es peligroso que sigan mirándose.

Este axioma se compone de una frase mía, de una alocución de Alfonso Karr y de un verso de lord Byron.

Los cuatro ojos se tuteaban, eran menores de edad y seguían mirándose.

Esto es histórico.

De pronto le ocurrió al autor la siguiente idea:

—Esta joven estar a despechada porque no he vuelto a cogerle la mano, privándola, por consiguiente, del placer de hacerme otro desaire.

Y es que el autor conoce que las mujeres gozan tanto en hacer un desaire, como en otorgar un favor.

Las calabazas son el placer de la cabeza.

No acabó de ocurrirle este axioma, cuando cogió de nuevo la mano de la desconocida.

La resistencia fue leve, hipócrita, rica de monadas.

La mano quedó presa.

140

Y no estaba bajo cero.

(La mano es el termómetro del amor, los ojos son el barómetro y el corazón el cronómetro.)

El autor estrechó, pues, el termómetro de la sajona.

La sajona apretó por su parte la mano del autor.

Los ojos del autor dijeron entonces una cosa muy atrevida a los ojos de la beldad.

La beldad miró la hora en un bonito reloj que pendía de su cuello; asomose a la ventana, y exploró el camino.

El autor repitió la intimación.

La alemana dijo con un ademán:

—Espere usted

Estaba anocheciendo.

El autor no podía hablar, o, por mejor decir, no debía hablar, puesto que la joven no le comprendía; pero era tan dichoso, esperaba serlo tanto, se hallaba tan lleno de ideas y tan rico de elocuencias, que habló, peroró, disertó como otro Demóstenes.

El viento se llevó aquel brillante discurso de nadie oído, y en el cual dijo el autor todas las temeridades de lenguaje y todas las hipérboles de amor que le inspiraron las circunstancias.

La joven adivinaba, leía, bebía, aspiraba aquel torrente de pasión hablada.

Y es que la elocuencia tiene su magnetismo, que subyuga a los mismos sordos, y a los irracionales, y a la materia inorgánica...

Dos o tres palabras erizadas de ffff y nnnn constituyeron la réplica de la teutona a aquella ardiente improvisación.

De esta manera transcurrió media hora de ruido vano en español y en alemán.

La noche llenó de oscuridad la berlina.

La joven volvió a explorar el camino, como para ver por dónde caminaba.

El autor sentía que le faltaba la respiración, a medida que iba oscureciendo.

Al fin se hicieron las tinieblas impenetrables.

Entonces, y solo entonces, extendió el autor los brazos hacia la desconocida.

La desconocida no esquivó aquel abrazo.

Su divino talle se dobló hacia el autor, como la rama de un limonero se inclina al peso del codiciado fruto...

El autor creía tener colgado un cascabel de cada oreja: tanto le silbaba la sangre en los ídos.

La extranjera acercose más..., ebria, palpitante, enamorada; echole los brazos al cuello, y...

—¡Sóóóóó! —dijo el mayoral a las mulas en aquel instante crítico.

La diligencia se paró.

La portezuela se abrió al mismo tiempo.

La joven se escurrió de entre los brazos de su víctima.

El autor tuvo miedo de sí propio.

El mayoral dio la mano a la joven para que bajara del carruaje, diciéndole con socarronería:

—¡Vamos, señora! Ya estamos en Vergara... Aquí tiene usted a su esposo, que llega con los brazos abiertos...

—¿Dónde estás, Juanito? —exclamó la alemana en el castellano más puro que se habla en Castilla la Vieja.

Y se alejó gritando:

—¡Buen viaje, caballero! Abur...

El autor se hundió en el último rincón de la berlina.

Su mano tocó una cosa muy suave.

Era una tarjeta.

El autor encendió un fósforo, y leyó lo que sigue:

Imagen

Aquel abrazo, el único que Luisa ha dado al autor, se conoce en la historia de dos corazones con el nombre de El abrazo de Vergara...

III. Se rompen las hostilidades

Amigo lector:

El título de la presente novelilla te hizo creer que se trataba de Espartero y de Maroto...

¡Qué lamentable equivocación!

Madrid, 1854

SIN UN CUARTO. CASO MUY DIVERTIDO

I. Entre cielo y Tierra

Hace por ahora veinte años ¡nada menos! Que vivían encima de Madrid, o sea en un sotabanco de la entonces coronada villa, media docena de jóvenes andaluces, cada uno hijo de su padre y de su madre, que maldito lo que tenían de tontos, ni de ricos, ni de malos, ni de sabios, ni de tristes, ni de cursis, y que, por el contrario, no dejaban de tener bastante de poetas, de tronados, de decentes, de calaveras y de personas bien nacidas y bien criadas, tan aptas para la vida de Bohemia que llevaban casi de continuo, como para pisar los más aristocráticos salones, donde solían brillar algunas veces sus raídos fraques.

Aquellos seis bohemios, dignos de la pluma de Enrique Murger y de Alfonso Karr (y que en su mayor parte son hoy hombres célebres y hasta excelentísimos señores), trabajaban poco, se divertían mucho, escribían a sus respectivas familias ofreciéndoles protección, en vez de aceptar sus ofertas de dinero, precisamente los días que se despertaban sin un cuarto (esto último para demostrar a sus señores padres que no habían hecho bien en oponerse a que abrazaran la vida de las letras), y, en fin, lo pasaban admirablemente, aunque estuviesen privados de algunas de las comodidades que disfrutaban en el hogar paterno antes de emprender el camino de la gloria.

Verbigracia. Aquel invierno (el de 1854 a 1855) lo pasaron, no ya sin alfombras, pero sin esteras en sus habitaciones (lo cual habría hecho llorar lágrimas como puños a sus benditas madres, si lo hubieran sabido); a cuyo propósito, cuéntase que uno de ellos solía decir:

—¡Protesto de esta humillación que me inflige el destino..., o sea, la falta de un buen destino! ¡Protesto, sí, como Napoleón protestaba en Santa Elena de las vejaciones que le imponía Sir Hudson Lowe! ¡Yo no me someteré jamás a andar sobre, el duro suelo! ¡Yo no he pisado nunca en invierno los ladrillos de mi casa! ¡Nobleza obliga! Prius mori quam foedare...

Y, en virtud de semejante razonamiento, se paseaba sobre las sillas puestas en hilera, cuando no sobre su propio catre.

Otro (para que ni por un momento se pusiese en duda que era persona de buena familia) acostumbraba, la noche que se sentía insuficientemente alimentado, a dormir con el sombrero de copa puesto, a cuyo fin había recortado las alas por detrás y por la derecha a la gabina o chistera número 2.

—¡Así verá el mundo que soy un caballero digno de mejor suerte!...
—decía al dejar caer la cabeza sobre la almohada.

Otro llevaba más allá sus alardes aristocráticos y linajudos, y, cuando no podía salir por falta de botas, se calzaba unas espuelas sobre las zapatillas, y andaba así por la casa, desde por la mañana hasta la noche, embebecido con el retintín de aquel nobiliario atributo, y declamando los dos famosos versos de El puñal del godo:

Y con caballo, lanza y yo escudero,
si no podéis ser rey, sed caballero.

Por último, y para que os hagáis cargo de toda la valentía de aquella gente, os diré lo que ocurrió cierta mañana en que reunían, entre los seis, seis cuartos de capital. Uno de ellos los reclamaba para hacerse limpiar las botas e ir a ver a un ministro de la corona que le había prometido suministrarle medios de publicar cierto periódico contra la dinastía; otro los necesitaba para afeitarse (en una barbería de quinto orden), a fin de ir a levantar un empréstito a casa de un banquero; y otro los pedía, con melodramática entonación, para comprar un sello de franqueo (que entonces valían justamente veinticuatro maravedises), y escribirle a una novia que había dejado en Granada. El debate entre los seis duró muchas horas; y, después de sendos discursos, acordose por unanimidad que lo más urgente, lo más sagrado, lo más indispensable era que recibiese carta aquella pobre señorita de las márgenes del Genil, que se veía expuesta a perder sus ilusiones amorosas!... Los seis cuartos se gastaron, pues, en el sello de franqueo.

Tales fueron... los verdaderos héroes de la historia que os voy a contar: esto es, tales fueron los oyentes, el público, el tribunal, el jurado, el coro, los comentadores ante quienes la relató su insignificante y necio protagonista. Por eso el título de estas páginas se refiere a ellos y no a él.

Réstame decir... (aunque no es cierto; pero en fin... para que nos entendamos como ellos se entendían) que se llamaban: Bretislao, Ladislao, Premislao, Sobieslao, Borcivogo y Segismundo, nombres todos de antiguos reyes de Bohemia.

Con que hagamos ahora el retrato físico y moral del majadero cantor del aria que ellos corearon.

II. Dime con quién andas... e ignoraré quién eres

Rafael de... (no sé cuántas estrellas) frisaría a la sazón en los veinte o veintiún años (que era la edad que tenía entonces todo el mundo), y estaba dotado por la naturaleza y por la sociedad de una arrogante figura, de un pobrísimo entendimiento, de unos 80.000 reales de renta, que le entregaba por mensualidades su curador (pues era mayorazgo y huérfano), y de una encarnizada afición a los poetas, pero no a la poesía; a los artistas, pero no a las artes; a los cómicos, pero no a las comedias; lo cual quiere decir que era uno de aquellos profanos pegadizos, insoportables idólatras e inconscientes admiradores de las personas de fama, que no las dejan a Sol ni a sombra y que suelen hacerles el flaco servicio de traducir al manchego de Sancho Panza, y contar de una manera sosa, incompleta y ridícula las ingeniosas excentricidades y humoradas que presencian y no comprenden.

Los seis poetas andaban siempre dando de lado al tal Rafael, sin poder quitárselo de encima, y, bien que no lo aborrecieran, pues en medio de todo era un bendito (dispuesto a referir y celebrar cuanto les oía, aunque no lo entendiese), ponían particular esmero en evidenciar a los ojos de todo el mundo que no tenían ninguna intimidad con aquel imbécil tan rico, o sea con aquel rico tan imbécil. ¡Así lo exigía el noble orgullo de los seis tronados discípulos de Apolo! ¡No querían ellos que se dijese, que se creyese, que se sospechase, si venderían de vez en cuando su buen gusto, su sana crítica, su brillante sátira, sus delicados nervios (crispados continuamente contra las tonterías) por el plato de lentejas que pudiera ofrecerles la pingüe renta de Rafael!... ¡Horror! ¡Abominación! El poeta o el artista puede recibir dignamente protección y ayuda de parte de los ricos que amen sus obras, que las estimen, que las comprendan. El favor, la limosna, no se hace entonces al hombre, sino a las letras o a las artes. El conde de Lemos no era admirador y patrono del estómago de Cervantes, sino del Quijote, y de Persiles y Segismunda, y por eso su nombre durará tanto como estos libros. ¡Para ser Mecenas es menester merecerlo! El dinero no puede aspirar por sí solo a la gloria de protector del buen gusto. Es menester que vaya unido a algo más: ¡al buen gusto mismo, por ejemplo!

No había conseguido, pues, nunca Rafael que los seis poetas acudiesen a su bolsillo en los frecuentes apuros que pasaban; apuros voluntarios en cierto modo, que eran célebres en Madrid por los graciosos y chispeantes incidentes a que daban margen. Alfonso Karr y Enrique Murger, a quienes ya he citado, y Chamfleury y otros escritores franceses de aquel tiempo, habían puesto de moda la pobreza de los literatos y artistas, o sea, la Sublime Bohemia del barrio latino de París, y nuestros seis andaluces, con su deliberado desarreglo, con su terquedad de no aceptar nada de sus familias, con su costumbre de no trabajar hasta que se veían sin dinero, y con su manía de gastar como unos príncipes todo lo que ganaban, sin guardar ni un maravedí para la segunda semana del mes, despilfarrándolo, ora en grandes banquetes, ora en paseos en carretela, ora en ramos de flores, ora en libros viejos, ora en donativos, realizaban su propósito de no perder nunca la categoría de bohemios, ni faltar a esta divisa de su escudo: «Sin un cuarto».

III. Noble emulación

Así las cosas, llegaron los bailes de máscaras del teatro Real, correspondientes al año de 1855.

Aquellos bailes fueron el palenque de innumerables triunfos para los seis poetas, que solo llevaban algunos meses de residencia en Madrid.

Todas las marisabidillas de la corte; todas las virtudes equívocas, por lo sentimentales; todas las mecenas de oficio (pues también las hay en el bello sexo, solo que su protección se reduce a besos y lágrimas), apresuráronse a conocer, a embromar, a adorar y a coronar de mirtos y adormideras a aquellos adolescentes, sublevados contra todas las autoridades constituidas, empezando por la de sus padres y acabando por la de los académicos, así como ellas lo estaban contra ciertas reglas de la sociedad y contra uno de los preceptos del Decálogo...

Rafael, el rico y buen mozo y estúpido Rafael, satélite ya de nuestros vates, veía pasar ante sí aquella ráfaga de amor y gloria, sin que le tocase ni uno solo de sus abrasadores halagos; lo cual no era parte a impedir que al día siguiente contase a todo el mundo los grandes éxitos que sus amigos habían alcanzado en las máscaras, con la satisfacción y el orgullo de una abuela que refiere las travesuras de sus nietos.

Pero llegó el último baile, el de Piñata, y el joven mayorazgo propúsose trabajar aquella noche por su cuenta, ser héroe de alguna aventura en el Teatro Real, hacer alguna conquista, ponerse a la altura de sus amigos...

Apartose, pues, de ellos en el baile, con tanto afán como se les había acercado las demás noches; y a la mañana siguiente... ¡Qué horror!

Mas aquí viene como de molde otro párrafo aparte.

IV. De cómo Rafael obtuvo la palabra

Eran las siete de una mañana de nieve..., de hielo..., de viento..., de agua de los mismísimos demonios.

Apenas había amanecido.

Los seis camaradas literarios acaban de penetrar en el café Suizo (que era entonces el Parnaso de Madrid), de vuelta del baile de máscaras del Teatro Real, a donde habían ido, como de costumbre, con billetes de periodistas, y donde habían amado y reído mucho...; pero no cenado de manera alguna. ¡Estaban en uno de sus períodos épicos! La temporada de carnaval los había dejado de la manera que decía su escudo: «Sin un cuarto».

—Esta noche prescindiremos generosamente del buffet del teatro, y a la salida del baile tomaremos chocolate con pan y manteca en el café Suizo, si no se ha agotado nuestro crédito con Capelín —habíanse dicho la tarde anterior, en tanto que limpiaban con goma sus guantes de color de paja.

Capelín era un mozo del café (el decano de los mozos, si no me engaño), que les fiaba el gasto de semanas enteras, cuando carecían de metales preciosos.

Sin esfuerzo alguno cerraron el trato con el sirviente (que sabía con quiénes pactaba, que no perdía nada en aquellos negocios..., que era, además, aficionado a la literatura..., y que murió hace algún tempo, después de tener la honra de ver a sus protegidos en desahogacísimas posiciones); y, ya estaba haciéndose el chocolate, cuando Rafael penetró en el Suizo, y se dirigió como una bala a la mesa que solían ocupar los seis escritores andaluces.

—¡Me figuré que estaríais aquí! —les dijo—. Os he visto en el baile; pero no he podido dedicaros un momento... ¡Ay, chicos! ¡Qué noche!

Y sonrió con aire de triunfo, sentose entre los poetas, y repitió maliciosamente:

—¡Qué noche!

—Nocte pluit tota: reddeunt espectacula mane —exclamó Borcivogo.

—Pero este espectáculo... —observó Segismundo, señalando al mayorazgo—, se nos aparece muy de mañana, sin que por eso deje de lover.

—¡Oye tú, hombre rico! —añadió Bretislao—: pide lo que quieras, y págalo. ¡No cuentes con nosotros para nada! ¡Ni para que te convidemos, ni para convidarnos! Suum cuique.

—Yo he cenado en el baile... y por cierto admirablemente y en muy buena compañía respondió Rafael.

—¡Ha cenado! —dijo otro de los vates, mirando con asombro a los demás.

—¡Qué bárbaro! —exclamaron éstos.

—¡Y con una hermosísima mujer... —agregó el joven rico.

—¡Demonio! ¿Y quién ha pagado? ¡Suponemos que habrá sido ella!...

—¡Quién sabe! —murmuró Rafael.

—¡Hola, hola! Chico, ¡tú te has transformado desde ayer tarde!...

—Yo ¡hasta lo encuentro ingenioso! Ese ¡quién sabe! Es una frase muy feliz.

—¡Pues nada digo del rasgo de valor de no hablarnos en toda la noche! Es un hecho heroico, que demuestra bondad, abnegación, misericordia... ¡Mucho se lo agradecen mis nervios!

—¡Sigue por ese camino, Rafael!...

—¡Di que no! ¡Al contrario: cuéntanos la historia de esa convidada a cenar! ¡A mí me entusiasma oírte!

—¡Oh! No vais a creerme. ¡Es todo un drama! ¡Es la aventura más grande que le ha ocurrido a hombre! ¡Qué feliz soy! ¡Hacedme toda la burla que queráis! ¡Yo os compadezco por mi parte! ¡Con todas vuestras poesías no habéis conseguido jamás un triunfo como el mío de esta noche!

—¿Será verdad? —interrogó Ladislao.

—Es muy posible... —respondió Segismundo—: Aliquando bonae dormitant mulieres.

—¡A ver, a ver! Que nos cuente la aventura... —propuso Sobieslao.

—Pero con una condición... —dijo Borcivogo.

—¿Cuál? —preguntó Rafael.

—Que nos permitas interrumpirte de vez en cuando.

—¿Para qué?

—¡Chico! Para respirar, como los buzos. ¿No ves que puedes ahogarnos?

—¡Pero será de envidia! Y, si no, escuchad con atención unos momentos.

—¡Solo unos momentos! —respondieron en coro los seis poetas.

V. Fuerza del consonante

—Vagaba yo anoche por el baile, sumamente aburrido y admirándome, como siempre de veros tan divertidos a vosotros con las conversaciones y bromas de aquellas traviatas que van allí en busca de...

—¡Te advierto —observó Premislao— que no estás contando nuestra historia ni la de nuestras amigas, sino la tuya y la de tu convidada!...

—Tienes razón. Pues bien: estaba yo pidiéndole a Dios que acabase de abrirme el apetito, a fin de comerme una magnífica langosta que había visto en el buffet...

—Permíteme que no crea que haya existido esa langosta —interrumpió Bretislao.

—¿Cómo que no? ¡Te digo que la vi!...

—¡Ilusión óptica! Yo las padezco también a veces... ¡Ahora mismo me parece estar viendo otra langosta encima de esta mesa!...

—¡Pues aquélla no era ilusión! ¡Y la prueba es que me comí ce⁻ca de la mitad!

—¡Calla, imprudente! —prorrumpió Ladislao—. ¿No ves que podemos devorarte?

—¡Tú eres un Jonás al revés! —añadió Premislao—. ¡Tú llevas a la ballena dentro del vientre!

—¡Rafael, tú eres un monstruo! —agregó Sobieslao—. ¡Me causas horror!

—¡Dejadlo que siga! —dijo Borcivogo—. El mismo nos vengará probablemente con su historia.

—¡Parla, amico! —exclamó Segismundo acariciando a Rafael.

Éste se reía como un bienaventurado, y prosiguió así, tan luego como lo dejaron meter baza:

—Pensando estaba en la langosta, cuando vi desocupado un sitio en el diván que rodea todo el salón, y senteme allí, fatigado de dar vueltas por el baile y resuelto a no volver en toda mi vida a pasar un rato tan fastidioso...

—Oso... —repitieron los seis poetas.

—Esperad, esperad ¡Ya veréis el oso! Ahora empieza lo grande.

—Ande...

—¡Vaya si anduve! Pues, señor, en aquel punto y hora, y cuando ya me encontraba casi dormido...

—Ido...

—Parose delante de mí una arrogantísima máscara, vestida con elegante dominó, al través de cuyos largos pliegues se adivinaban las formas de una Juno...

—Uno...

—¡Os digo que era una real moza! Y, en cuanto a la comparación, es la que soléis emplear vosotros...

—Otros...

—Por lo que respecta a la cara, podéis suponer que la llevaba cubierta con el antifaz. Pero más tarde la vi...

—¿Y?

—Y puedo aseguraros que era una maravilla...

—Villa...

—¡Os lo juro por mi nombre!...

¡Hombre!

—¡Vaya! ¡No seáis pesados! ¡O me oís con formalidad, o me voy!

—Hoy...

—Idos enhoramala. ¡Esto es insoportable!

—Hable.

—¿Lo estáis viendo? Ya tenéis que oírme sin rechistar. El eco mismo lo desea...

—Sea...

Rafael se levantó para irse; pero en aquel momento llegó el chocolate...

—Ahora puedes hablar todo lo que gustes, sin miedo de que te interrumpan el eco ni la rima. ¡Al festín, señores, y silencio!

Así dijo el más revoltoso de los vates, y Rafael, que se sentó de nuevo, continuó su historia en los términos siguientes:

VI. Otros inconvenientes de la rima

—¿Qué haces ahí tan solo? me dijo la máscara.

—¡Aburrirme! —le contesté desperezándome.

—¡Qué lástima! ¡Tan joven y tan guapo, y ya te aburres!...

—¡Ahí verás! Las máscaras no me divierten.

—Muchas gracias por el favor...

—No lo digo por ti. Lo digo por el conjunto...

—Unto... —murmuró uno de los oyentes.

—¡Silencio! —gritaron los demás.

—Unto, digo, la tostada con manteca; la mojo en el chocolate, y sigo escuchando con mis cinco sentidos...

—¡Pues unta y calla! —pronunció Segismundo—. ¡Ya no puede perderse ni una coma de lo que está diciendo este bienaventurado! Prosigue tú, hijo mío...

Rafael continuó:

—Dame el brazo y pasearemos un poco... —me dijo la máscara—. Mis amigas me han dejado sola, y yo me fastidio también...

Su severo disfraz, su mano, su tono, su aire, y aquella alusión a sus amigas, todo me reveló desde luego que me las había con una persona decente. Así es que me apresuré a decirle:

—¡Ve lo que son las cosas! Desde que te llevo del brazo, ya no me aburro...

—¡Burro! —exclamó Borcivogo.

—¿Cómo se entiende? —gritó Rafael amostazado.

—¡Así se llama la manteca de vacas en italiano! —replicó el vate—. Y, como la estoy tomando en este momento, nada tiene de particular que la nombre...

—¡Yo miraré el diccionario! —repuso Rafael—. ¡Y si por casualidad burro no significa manteca de vacas, me darás una satisfacción, Borcivogo!

—¡Para mí la quisiera! Pero, en fin, procuraría que la dieses tú, y sería lo mismo.

—¡Paz, caballeros! —dijo Ladislao—. Y por tu parte, Rafael, procura ser indulgente; pues un hombre que ha cenado langosta, ¡bien merece la rechifla de los simples mortales! Prosigue, y no temas que estos bandidos te saquen el marisco del estómago. ¡Ya lo habrás corrompido con tu inmundo contacto, y no les aprovecharía de nada! Continúa, digo, joven opulento, y cuenta para todo con la punta de mi bota. ¡Es la única arma que puedo ofrecerte, y esa se la debo todavía al zapatero!

Rafael reflexionó unos instantes... Pero acabó por reírse, y prosiguió su tantas veces interrumpida historia, que ya corrió sin tropiezo alguno; pues los poetas comprendieron que la palabrilla italiana había agotado la paciencia del narrador.

VII. El valor del dinero

—Para no fatigaros, os diré que aquella mujer me infundió al cabo verdadero respeto, por la delicadeza, timidez y exquisita educación de que me dio repetidas muestras...

Básteos saber que me costó grandes esfuerzos conseguir que cenara conmigo, lo cual prueba que no era una de esas lagartas que van a los bailes en busca de un pagano.

La cosa ocurrió así:

Empezaba a aclararse el salón (lleno antes de una compacta muchedumbre), y yo le dije a mi desconocida:

—¿No te parece que se van marchando muchas personas? ¡Ya se pasea con más holgura!...

—Es que a esta hora —me replicó— hay un descanso (de dos a tres), durante el cual acostumbran a cenar las gentes que no reparan en gastos...

—¡Pues qué! ¿Están muy altos los precios del buffet este año? —pregunté yo indiferentemente.

—No sé. Yo no he cenado aún, ni sé si llegaré a cenar... —respondió ella con dulzura.

—¿Quieres cenar conmigo?

—No lo digo por eso... ¡No vayas a creer!...

—¡Ah, ya! Es que tienes que reunirte con tus amigas, y tal vez con algunos caballeros, para cenar todos juntos...

—¡No: no tengo compromiso con nadie! —replicó ella con encantadora sinceridad—. Mis amigas cenarán sin mí, con unos franceses muy ricos que he visto a su lado haciéndoles la corte. A mí no me gusta estorbar.

—Pues entonces, cena conmigo, y no seas tonta.

—¡Oh, no!... ¡Es muy temprano todavía! —dijo con una voz en que se revelaban la turbación y la cortedad—. Cenaremos a las tres y cuarto.

Decididamente era una señora.

—Pues esperemos —repuse—. Aunque debo advertirte que voy teniendo hambrecilla...

154

—Entonces no lo dejes por mí... Vamos ahora mismo. Yo tengo gana a todas horas —dijo con aquella mansedumbre que tanto me enajenaba.

—Y nos encaminamos al buffet.

A todo esto ni le había visto la cara, y quedábame el escozor de si sería fea, aunque no era de suponer, puesto que los ojos, la boca, la frente, el cabello, todo lo que dejaba traslucir el antifaz, parecía de primer orden y brillaba de juventud y de limpieza.

Por lo demás, hablábame ya en su voz, después de haberme confesado que no me conocía ni de vista, y que nunca había oído pronunciar mi nombre, lo cual me pasaba a mí también con ella. «Julia», me dijo llamarse, y que estaba casada; pero que su marido la había dejado por otra mujer, con quien vivía en la California desde el invierno pasado.

Cuando Julia se quitó la careta para cenar, me quedé absorto ante su hermosura. Tendrá de veinticinco a veintiséis años, y es morena clara, de rostro ovalado, con un ligero bozo a guisa de patillas, y con los ojos, las cejas y las pestañas de azabache.

—¡Jesús, María y José!... —exclamó Premislao.

—¡Repito que de azabache!

—¡Dios te ayude! —volvió a decir el poeta.

—¿Y por qué me ha de ayudar?

—¡Pues no has estornudado dos veces!

—¡No, hombre! Es que he dicho que tiene los ojos, las cejas y las pestañas de azabache.

—Pues ¡qué quieres! A mí me pareció esa palabra un estornudo. Perdona, Rafael.

—Estás perdonado, y prosigo; pues veo que la historia os interesa.

—¡Y mucho!

—Julia cenó admirablemente, con gran apetito, demostrando estar (perdonadme la jactancia) muy contenta de mi compañía. Así es que pidió langosta (según ya he dicho), pavo trufado..., perdices escabechadas..., salmón..., solomillo, pollos asados...

—¡Por compasión! —interrumpió Segismundo—. ¡Basta de mitología! ¡Considera que nosotros estamos tomando la hiel y el vinagre de nuestra pobreza! ¡No nos hables de nuestro pasado! Sobre todo, no nombres delante de mí las perdices escabechadas...

—En fin... —continuó Rafael, cuyo entusiasmo se sobreponía ya a las interrupciones—; ¡con vinos y todo, veinticuatro duros de gasto!

—¡Misericordia! ¡Un caudal!

—¡Veinticuatro duros! ¡Precisamente la distancia a que estoy yo de mi pueblo!

¡Precisamente lo que yo le debo al sastre!

—¡Precisamente la misma cantidad que yo habría gastado anoche en el buffet si la hubiera tenido!

—¡Prosigue, Creso, prosigue! ¡Húndenos el puñal hasta la guarnición!

Rafael estaba resplandeciente de orgullo.

—¡Hablemos con formalidad! —añadió, mudando de tono, aunque sin dejar de tomar el rábano por las hojas—: ¿necesitáis dinero?

—¡Tentador, aparta!

—¡Corruptor, no sigas!

—¡Seductor, quítate de mi presencia!... —exclamaron simultáneamente tres de los seis amigos.

—¿Necesitáis dinero? —insistió Rafael.

—Precisamente dinero..., no. El dinero no se come, ni se bebe, ni se fuma. Pero, en fin, acaba tu historia y luego veremos si tienes la cantidad que necesitamos —respondió Segismundo.

—¿Cuánto necesitáis? ¡Decidlo con franqueza!

—Yo... dieciséis millones de onzas.

—Yo... tres reales para un cigarro puro de primera calidad.

—Yo... dos cuartos para aquel pobre... —respondieron sucesivamente Premislao, Ladislao y Segismundo.

—¡Idos al diablo! No se puede hablar con vosotros —gruñó el pacientísimo Rafael.

—Continúa, hombre, continúa... —le dijo Borcivogo, tomándole la cara.

El mayorazgo continuó:

VIII. Todo un caballero

—Pues, señor, cenado que hubimos Julia y mi dichosísima persona, paseamos de nuevo por el salón.

Un poco antes de terminar el baile, me declaré a ella, diciéndole que la amaba; y ella me respondió con ingenuidad encantadora:

—También tú me gustas a mí mucho.

Preguntele que si me permitía visitarla, y, por contestación, me dio una tarjeta de su casa, calle de Preciados, 29, tercero —añadiendo enseguida:

—Si te parece, nos marcharemos ya.

Cuando los poetas oyeron las señas de la casa de Julia, miráronse en silencio y se pusieron muy graves.

Rafael no reparó en tal cosa y prosiguió:

—Vámonos cuando gustes —le respondí a Julia.

La conduje, pues, hasta el guardarropa; saqué su abrigo; se lo puse, y, alargándole la mano, le dije:

—Señora, aquí no estamos ya en el baile de máscaras, y me veo privado de la dicha de tutear a usted. ¡Que usted descanse y hasta que tenga el gusto de volver a verla, que espero ser a muy pronto; pues, abusando de su amabilidad, tendré el honor de pasar mañana a hacerle una visita!

Aquella circunspección con que empecé a tratarla tan luego como salimos del templo de Momo, le agradó mucho... Dígolo porque se puso encendida como una amapola.

Luego murmuro dulcemente:

—¡El caso es que está lloviendo y necesito un coche! Si tuviera usted la bondad de buscar uno...

¡Inmediatamente! ¡Inmediatamente! —exclamé.

Y salí a la calle; alquilé una berlina; volví por Julia; la conduje hasta el carruaje; le di la mano para que subiera a él, y, enseguida, quitándome el sombrero, cerré la portezuela, y le dije:

—Señora: a los pies de...

—¡Bonitos tengo yo los pies, solo de haber cruzado la acera! —me interrumpió la hermosa—. ¡Y bonito se va usted a poner con el agua y la nieve que están cayendo! ¡Vaya! ¡Vaya! ¡No sea usted niño, y entre en el coche!... ¿Para qué quiere usted buscar otro? ¡Demasiado dinero ha gastado usted ya por mi causa!

Y así diciendo, abrió ella misma la portezuela y me miró con infinita ternura.

Yo accedí, creyendo no excederme en ello. Cualquiera en mi caso hubiera hecho lo mismo.

Además, su marido estaba en la California, y no era fácil que aquella determinación comprometiera a mi adorada.

—Preciados, 29 —le dijo al cochero.

La berlina era estrecha, y Julia es de muy buenas carnes... —cosa que noté al empaquetarme con ella en aquel vehículo—: por consiguiente, íbamos muy cerquita el uno del otro...

Mi sangre ardía... ¡Aquella mujer empezaba a trastornarme el juicio!

—¡Mira qué manos tengo, Rafael! ¡Completamente heladas! —exclamó, poniéndolas sobre las mías—. ¡Hombre!... ¡Y qué calentitas las tienes tú!... Pero ¡calla! ¡Pues no, estoy tuteándote, cual si nos halláramos todavía en el baile!

—Eso se explica... No se apure usted... —le respondí—. ¡Como ha estado usted tuteándome toda la noche, nada tiene de particular que se equivoque ahora!

Julia retiró sus manos de las mías, ruborizada y trémula como nunca.

Lo que más me encantaba en aquella mujer eran estas repentinas llamaradas de rubor.

Llegamos a la puerta de su casa; bajé del coche; llamé al portón (tres y repique); abrieron; ayudé a bajar a Julia, y, quitándome el sombrero otra vez, le dije:

—Julita... —repararéis que ya no la llamé señora—, Julita... hasta mañana...

—Pero ¡hombre de Dios! —exclamó Julia con admirable franqueza y riéndose a carcajadas—. ¿Adónde va usted a estas horas? Su casa de usted estará cerrada... ¡Suba usted!... La criada me aguardará con la chimenea encendida, como se lo previne. Haremos té, si usted quiere... Y, en fin, esperaremos a que amanezca... o a que anochezca, que para mí todo es lo mismo.

—¡Cuánta bondad! —tartamudeé, ofreciéndole el brazo para subir la escalera—. Ya ve usted que la obedezco. ¡Es usted un ángel!

—¡Gracias a Dios! —exclamó Julia, dando muestras de una alegría verdaderamente infantil.

Y sacudió sobre mi cara el pañuelo de la mano con la más hechicera familiaridad.

Ya veis que hacía progresos en su corazón.

—Pocos hombres he conocido tan desconfiados como tú... —añadió luego aquella incomparable criatura.

—Ha vuelto usted a equivocarse y a tutearme —exclamé indulgentemente.

Julia se sofocó de nuevo, y no respondió palabra.

—¿Por qué me dice usted desconfiado? —pregunté al cabo de un momento.

—¡Por nada! —contestó fríamente—. Sin embargo, ¡bien pudiera usted ser un tunante de siete suelas!...

—Perdone usted A estas horas, después del jaleo del baile, no sabe una ya lo que se dice...

Todo esto ocurrió en la escalera, en presencia de la criada, que alumbraba con una capuchina.

Porque todavía no había amanecido del todo.

IX. Tal para cual

Llegamos a su cuarto, adornado por cierto con modesta coquetería y muy buen gusto; hízome sentar a la chimenea, que en efecto se hallaba encendida, y le dijo a la sirvienta:

—Trae aquí todo lo necesario para hacer té, y acuéstate descuidada. Hoy no almuerzo.

Mientras la doméstica llevaba los chismes del té, Julia se retiró unos minutos, al cabo de los cuales volvió completamente transformada, o sea, vestida de pies a cabeza de diferente modo que había estado en el baile. Una bata suelta, de lana, caía a todo lo largo de su hermoso cuerpo; la más graciosa gorra blanca recogía su despeinada y mal liada cabellera, y elegantes chapines de terciopelo encerraban sus menudos pies.

Estaba encantadora.

—Me parece mentira... —dijo, atizando la lumbre— que me he quitado toda aquella vestimenta. ¡Oh, tengo las piernas heladas!

Y, hablando así, se levantó; apoyó una mano sobre mi hombro, y metió alternativamente sus pies casi dentro de la chimenea.

La chimenea era de cok.

Reinó un minuto de silencio.

—¡Vaya! ¡Hagamos el té! —añadió enseguida, dando un suspiro.

Y mientras lo hacía, tarareaba.

Yo pensaba entretanto en la envidiable felicidad a que había renunciado un esposo perjuro y desertor, y jurábame a mí mismo no omitir medio alguno de llegar a ocupar su puesto, aunque fuera ilegal y transitoriamente. ¡Necesitaba conquistar a Julia a todo trance! ¡Por un beso suyo habría dado en aquel momento la mitad de mi mayorazgo!

—Quiero confesarme con usted de un pecadillo... —díjome de pronto, interrumpiendo su tarea—. Yo no soy casada: soy soltera... Pero, como no tengo familia en Madrid, por el buen parecer, suelo decir que mi marido está en la California...

—¡Pobre señorita! —exclamé, verdaderamente conmovido—. ¡Conque vive usted sola en esta capital!

—Sí, señor don Rafael... —contestó ella, presentándome la taza y el azucarero, y haciéndome un mohín delicioso.

—¡Soltera! ¡Virgen! ¡Incólume! —exclamé dentro de mí—. ¡Oh qué felicidad! Ella me ha dicho en el baile que le parezco bien... Por consiguiente, me ser a fácil conquistar su corazón y poseer su intacta y peregrina hermosura, aunque para ello tenga que darle la mano de esposo.

—¿En qué piensa usted? —me preguntó dulcísimamente, mientras me llenaba de té la taza.

Yo no le contesté al pronto. Pero estaba decidido, resuelto, pronto a cometer todo género de disparates.

¡Será mía —me dije—, o pereceré en la demanda!

Tomé, pues, el té a toda prisa; me levanté, cogí el sombrero, y le hablé de la siguiente manera:

—Julia, ¡no puedo más!... Me voy. Sin embargo, antes de veinticuatro horas estaré aquí, y le diré a usted todo lo que siente mi corazón...

—¡Pero, hombre, dígamelo usted ahora mismo! —exclamó ella con un candor indescriptible.

—No es ocasión esta de largas explicaciones... —repliqué—; usted estará cansada...

—¡Ca! ¡No! ¡De manera alguna! Yo acostumbro a dormir más de día que de noche. Si es menester, me acostaré con mucho gusto... Pero no tengo pizca de sueño.

—También estoy yo fatigado... —continué.

—¡Pues quédese usted aquí! —interrumpió ella—. ¿A dónde va usted a estas horas?

—Pero ¿cómo quedarme aquí?

—¡Quedándose! ¿No se lo digo yo a usted?

—¡Muchísimas gracias! Es usted muy buena...

—¡No hay bondad que valga!

—¡Sin embargo..., yo no puedo aceptar!

—¿Por qué?

Porque sería abusar de la amabilidad de usted... Me iré al Suizo. Estas noches de máscaras no cierran allí a ninguna hora...

—¡Pero mire usted que para mí no habría incomodidad ninguna! —insistió Julia con un sans façon lleno de gracia.

—¡Oh! ¡Sería una imprudencia de mi parte! —repuse con igual franqueza— ¿Cómo quiere usted que yo permita que a estas horas se meta usted en el jaleo de ponerme una cama?... ¡Yo sé lo que son casas!

Este último rasgo mío, que denotaba toda la prudencia de mi carácter y todas las previsiones de mi amor, le hizo a Julia extraordinario efecto.

—¡Vaya usted con Dios, hombre! ¡Vaya usted con Dios!... —exclamó de una manera indescriptible—. ¡Tiene usted razón que le sobra!

Yo me permití besarle la mano que me tendió, y salí de su casa loco de amor y de deseos.

En dos saltos he atravesado la Puerta del Sol y la calle de Alcalá y aquí me tenéis, ¡oh amigos!, resuelto firmemente a conquistar a Julia, aunque para ello necesite hacerla mi esposa. ¡Mañana mismo pasaré a visitarla, y, si veo que se resiste a mi amor, le ofreceré mi mano, y en paz! ¿Qué os parece mi aventura?

Los seis poetas se miraron en silencio no bien dejó de hablar Rafael; y, como si con aquella mirada se hubieran comunicado sus respectivas ideas y llegado a un acuerdo, levantáronse sin hablar palabra; quitáronse el sombrero hasta los pies; saludaron reverentemente al mayorazgo, y abandonaron el café con la gravedad más cómica del mundo.

Rafael se quedó atónito, con la boca abierta y la baba caída, viéndolos marchar, sin comprender ni remotamente aquella muda pantomima de los seis hijos de las musas.

Así permaneció una hora, durante la cual fue una lástima que no lo hubiesen retratado.

—¡Envidiosos! --exclamó al cabo de aquel tiempo.

Y se dirigió a una librería, donde compró un diccionario italiano-español.

«Burro (decía aquel libro): s. m. Manteca de vacas.»

Rafael respiró, como si se quitara un gran peso de encima.

X. Epílogo

Quince días después se verificó el enlace de Rafael y Julia.

Durante aquellos quince días, los poetas no vieron ni una sola vez al mayorazgo, que (dicho sea entre paréntesis) no volvió jamás al café Suizo. Pero cuenta la fama que, cuando los nobles hijos de Apolo recibieron la noticia de aquel casamiento, se alegraron de no deberle ningún favor a Rafael, y sintieron muchísimo deberle algunillos a Julia.

—¡Tal para cual! —dijo uno de los vates.

—¡Nos libramos de él para siempre!—añadió otro.

—Convengamos —observó Segismundo— en que, sin embargo de nuestra carencia de metales preciosos, no estamos en el caso de envidiar al opulento Rafael.

—Pues mira... —dijo Borcivogo—: ¡con el tiempo lo envidiarán muchas gentes!

—¿Por qué?

—¡Porque será ministro!

Pretislao, Ladislao, Premislao y Sobieslao asintieron con la cabeza.

—Es que si llega ese caso —replicó Segismundo—, también lo envidiaré yo; pero no precisamente por la cartera, sino por otra cosa...

—¿Por qué?

—Porque es tonto de capirote, y un ministro tonto debe de ser el hombre más feliz de la Tierra.

—¡Ya lo creo! —repuso Borcivogo—. Pero nunca tan feliz como un poeta sin un cuarto.

1874

¿POR QUÉ ERA RUBIA?

I. Historia de cinco novelas

Una tarde de noviembre de 1854 estábamos seis amigos, todos menores de edad, sentados alrededor de una mesa, pasando un delicioso día de campo. Así llamábamos en aquel tiempo a la extraña manía en que habíamos dado algunos discípulos de Apolo, de hacer del día noche, cerrar las ventanas y encender luz artificial, cuando no de quedarnos en la cama hasta que anochecía en el resto de Madrid.

Aquella mesa (de la cual he vuelto a tener noticias últimamente) ha sido descrita por mí del siguiente modo, en el prólogo de una novela ajena, titulada Honni soit qui mal y pense:

«Había en Madrid hace cuatro años (no importa en casa de quién en casa de nadie en casa de todos en una casa cuya puerta no se cerraba ni de día ni de noche), una gran mesa revuelta, adornada con un tintero monstruo y cubierta de cuartillas de papel sellado sin sello, en la cual trabajaban indistintamente diez o doce artistas y literatos... Mesa fue aquella en que nacieron algunas comedias del hijo de Larra, algunos dramas de Eguílaz, algunas novelas de Agustín Bonnat, cantares de Trueba, artículos económicos de Antonio Hernández y letrillas de Manuel del Palacio; en que se tradujo La profesión de fe del siglo XIX, de Eugenio Pelletán; en que hizo Arnao muchas canciones, y Mariano Vázquez bastante música, y Castro y Serrano varios artículos, y Ribera caricaturas, y Vázquez y Pizarro algunas acuarelas, y Barrantes no pocas baladas, y planos arquitectónicos Ivón, y yo mis calaveradas de El Látigo.»

En torno de esta mesa estábamos la tarde a que me refiero.

Era domingo: la revolución de julio se hallaba en su apogeo. Madrid ardía en milicianos...

Llovía; silbaba el viento lúgubre de la estación, y hacía un frío que, al decir de Ricardo Ribera, helaba hasta las conjeturas.

Como acababa de pasar el día de difuntos, en todas las parroquias se celebraba la Novena de Ánimas. Mezclábase, pues, al estruendo de los himnos patrióticos, tocados en la calle por las músicas de la milicia, el fúnebre tañido de las campanas, que lloraban si había que llorar sobre los tejados de la metrópoli.

¡Virgen de la Almudena!... ¡Qué tarde!

Nosotros la habíamos convertido en noche hacía muchas horas: cuatro velas iluminaban nuestros seis semblantes, y nuestros seis semblantes correspondían a los siguientes seis nombres, que revelo sin empacho, porque todos han llegado a ser de dominio público: Luis Eguílaz, Manuel del Palacio, Agustín, Bonnat (Q. E. P. D.), Ivón, Luis Mariano de Larra y un servidor de ustedes.

—¿Qué hacemos? —preguntó uno.

—¡Escribamos! —respondió otro.

—¿Qué escribimos? —añadió un tercero.

—Una novela entre todos.

—No hay tiempo para ponernos de acuerdo sobre el plan.

—Pues escribamos una novela cada uno...

—¡Y todas con el mismo título!

—Título raro, comprometido, que sea pie forzado de la acción...

—¡Eso! ¡Y con término de media hora!

—Pues inventemos un título estrafalario...

—¡Ya lo tengo! —dijo Larra—. Todas las novelas se titularán: ¿Por qué era rubia?

—¡Magnífico! —exclamaron todos.

—¡Ahí tenéis un brillante asunto de difícil desempeño! ¿Por qué era rubia? ¡Porque lo era! No, señor; es menester que no hubiese razón para que lo fuera. ¿Y qué razón, esto es, qué seis razones podremos inventar?

—¡Ahí está el quid! Pongamos la imaginación en prensa.

—Pero ¡cuidado, que es preciso justificar el título!

—¡Y acabar antes de media hora!

—Son las cuatro. A las cuatro y media.

—Pluma en ristre...

—¡Silencio!

Y ya no se oyó más que el chisporroteo de las plumas sobre el papel.

Entonces hubierais visto demudarse aquellas seis fisonomías, o, por mejor decir, aquellas cinco (pues la mía yo no llegaba a verla), adoptar un gesto desusado, transfigurarse, revestirse de alegría, de terror, de ternura o de sarcasmo...

Todas las imaginaciones se aislaron; todas huyeron de aquel aposento; se extendieron por cielos y Tierra, y soñaron estar en diversos países, en distintas épocas, entre desconocidos personajes.

Eguílaz se levantó cuando apenas llevaba veinte renglones.

Había llamado Luque, que estaba enfermo en cama, y ya le fue imposible continuar.

Los otros cinco seguimos excitando nuestra inspiración del modo que acostumbrábamos, pues sabido es que cada poeta tiene su receta para inspirarse.

Ivón arqueaba las cejas, como Júpiter.

Larra se atormentaba el cabello.

Bonnat se pasaba por los labios el extremo superior de la pluma, a fin de hacerse cosquillas.

Palacio se pellizcaba el entrecejo, donde dicen que reside la memoria.

Yo trepaba insensiblemente por los palos de la silla, hasta que concluí por sentarme al estilo moro.

Y todos fumábamos desesperadamente.

Antes de la media hora, las cinco novelas estaban terminadas.

La creación de Larra pertenecía al género venatorio. Aficionadísimo el autor a la caza, su héroe no podía menos de ser un perro. De la heroína, viuda de un intendente, no hay para qué decir que tenía el pelo rubio, sumamente rubio, casi rojo. Pero ¿por qué era rubia? ¡Pronto se supo! A la muerte del perro, Anita, la intendenta, se puso completamente cana. ¿Fue del sentimiento? ¡No! Era que Anita lo estaba ya hacía algunos años; pero se teñía el pelo con un elixir en cuya composición entraba como parte integrante no sé qué ingrediente suministrado por aquel perro. ¡Por eso era rubia! El mérito principal de la narración consistía en el profundo conocimiento que demostraba el hijo de Fígaro en achaques de caza menor.

Bonnat había escrito uno de aquellos deliciosos artículos a la francesa en que probaba toda clase de paradojas. Negaba en primer lugar que Colón hubiese sido el descubridor de América, y nos describía el naufragio de un buque inglés y el arribo de una joven rubia a las costas del Brasil, arrojada allí por las olas. Los brasileños, que nunca habían visto cabellos de aquel color, se preguntaban naturalmente ¿por qué era rubia?, y creyéndola bajada del cielo, fundaron una religión en su nombre. Luego pasaba esta rubia a ser, como legisladora filántropa, una caricatura de la autora de la Choza de Tomás, a quien odiaba mi pobre Agustín con todas las fuerzas de su buen humor.

Ivón, o sea, Fernández Jiménez, llegó al colmo de la originalidad. ¡Proclamamos entonces, y repito ahora, que su novela fue la mejor, sobre todo por la cómica gravedad del estilo! La escena era en una sacristía de América. (¡Ya ven ustedes que todos habíamos viajado de lo lindo durante aquella media hora!) Iba a morir una dama muy vieja y que tenía el pelo completamente cano, pero a quien, sin embargo, llamaban todos la Rubia. Ahora bien; el cura de la parroquia se negaba a auxiliarla de resultas de este sorites: «Esa mujer se llama la Rubia, porque habrá tenido el pelo rubio: ha tenido el pelo rubio, porque es inglesa: las inglesas son protestantes: luego yo no tengo nada que ver con esa rubia». Al cabo resultaba: 1.º, que la señora no había tenido el pelo rubio, sino castaño; 2.º, que no era protestante, sino católica, apostólica, romana; 3.º, que la llamaban la Rubia, porque había amado a un español cuyo apellido era Rubic, y 4.º, que el cura era este español. Al fin de la novela se reconocían los dos ancianos, recordaban los años de su juventud, o sea, su vida de seglares, y morían de la manera más sentimental y cristiana.

La de Palacio brillaba por los retruécanos del estilo y por los chistes de que estaba salpicada. Una señorita de Jaén comprendió a los dieciséis años que una mujer de sus prendas no debía seguir en la inacción. Dividió, pues, su alma entre dos novios. No sé por arte de qué diablo, nuestra señorita llega a huir con uno de ellos. El otro novio la persigue..., y entra en Madrid a su lado sin reconocerla. Antonia era morena oscura y ujinegra y pelinegra a más no poder; pero, gracias a los polvos de arroz, a unos anteojos azules y a una peluca rubia, parecía una sílfide de norte. Ya en Madrid, acontece que aquella mujer da una cita en las tinieblas al segundo novio; que éste se lleva enredado en los botones de la pechera dos cabellos de Antoñita, y que al examinarlos en su casa, se encuentra con que son más negros que la endrina. «¿Por qué era rubia?» —exclama entonces el perplejo amante—. «¡Cuando me dio la cita en el ferrocarril, tenía el cabello de color de oro!... ¿Cómo me deja sobre el corazón esta muestra negra?» Pronto se descubre todo: los dos amantes la abandonan, y del sentimiento se le pone a Antoñita el pelo blanco.

En cuanto a mi novela (única de que puedo disponer, pues cada cual se llevó la suya), era del tenor siguiente:

II. ¿Por qué era rubia? Novela cipaya

Hay algo de sublime en el
éxtasis de los indios.
El preste Juan

¡Qué hermosas son las noches de la India!...

El lector: ¿Me lo dice usted, o me lo cuenta?

—¡Hombre! Me lo figuro. Yo no he estado nunca en la India; pero tengo muchos deseos de ir. ¡Bien podía el gobierno enviarme a Filipinas sin formación de causa! De paso vería la India.

El lector: Déle usted motivo, y lo enviará.

—¡Bien! Pero ¿qué motivo le doy? Figúrese usted que salgo ahora a la calle cantando la Pitita, y que el gobierno se contenta con enviarme al saladero... ¿Habré logrado mi plan? De ningún modo. Pues figúrese usted que niego en público la infalibilidad del duque de la Victoria, y que éste me condena a ser pasado por las armas... ¿Será esto ir a Filipinas? ¿Conseguiré así ver la India al paso, como la vio mi amigo don Manuel Hazañas? ¡Ah! Bendigo a Napoleón III, que deporta a todo el que no le da tratamiento de Majestad... ¡Aquél es un país! ¡Allí sabe uno a qué atenerse!

El lector: Prosiga usted.

—Prosigo. ¡Qué hermosas deben de ser las noches de la India!

Brillan allí los astros más que en el cielo de Europa; cielo deslustrado por el uso, que me hace el efecto de una decoración vieja de Philastre.

Y es que aquel cielo solo ha servido para una religión, mientras que el nuestro cuenta ya lo menos diez clases de adoradores: los íberos, los griegos, los fenicios, los cartagineses, los romanos, los bárbaros, los cristianos, los mahometanos, y últimamente los espiritistas...

El lector: Continúe usted.

—Continúo. ¡Qué hermosas deben de ser las noches de la India

Anchas bocanadas de aromas salen del seno de aquella verdadera naturaleza, vigorosa como una pasiega primeriza; y el indolente oriental, ebrio de narcóticas esencias, se atraca de arroz a la claridad de la Luna, pensando en la simbólica flor del Loto, o en algo por el estilo...

El lector: Continúe usted.

—Era media noche.

Todo yacía en el silencio y en la quietud del sueño a orillas del misterioso, Ganges...

¡Solo el Ganges no dormía! El río sagrado se deslizaba entre bosques de bombaxes, branganeros y jaraques (árboles que podéis ver, si se os antoja, en el jardín botánico de esta villa), reflejando en sus aguas la claridad postiza de la Luna.

A la sombra de un árbol triste (llamado así porque solo florece de noche), y no lejos de una raflesia, planta que produce las flores más grandes que se conocen en el mundo, pues algunas tienen tres pies de diámetro y quince libras de peso... (hablo con seriedad), se hallaban sentados dos jóvenes indios, no muy decorosamente vestidos que digamos, pero hermosos cuanto pueden serlo aquellos paisanos del ébano y del bambú. Sus ojos negros... eran muy negros. (En la precipitación con que escribo, no se me ocurre nada a qué comparar su negrura.) En cambio, sus dientes eran tan blancos como los dientes más blancos que haya en el mundo.

Y aquí termina el retrato de los dos indios.

¡Ah! Se me había olvidado decir que los dos eran machos, y que se llamaban Nana y Nini (nombres sumamente interesantes).

—Habla, Nana... —dijo Nini con voz afectuosa, pasando la mano por el lacio cabello de su amigo.

Es de advertir que Nini tenía también el cabello lacio.

Yo sé todas estas cosas, porque me ocupo hace algún tiempo en estudiar aquel país, para escribir una novela titulada La madre Tierra.

Si no, no las sabría.

Pero volvamos a nuestros indios.

—Nini... —dijo Nana—: ¿Por qué era rubia?

Y, después de pronunciar estas significativas palabras, quedó sumido en profunda meditación.

Lo mismo se pregunta el autor de esta novela: ¡exactamente lo mismo! ¿Por qué era rubia?

—Explícate, Nana —murmuró Nini al cabo de un momento.

—¡Ah! Nini... Nini... —profirió Nana entre sus sollozos—. Yo amo a mi esposa como la Luna ama a la noche, como los pájaros al día, como el mar a la estrella de la tarde. ¡Mila es mi alma, es mi vida, es mis ojos, es mi agua... Pero ¡ay! ¿Por qué es rubia?

—¡Repórtate, Nana! —dijo Nini—. Tú deliras. Tu esposa no tiene nada de rubia. Yo conozco a Mila, y puedo asegurarte que no hay ébano más negro que sus trenzas...

—¡Ah! Sí... Ya sé que Mila no es rubia; y por eso me casé con ella. Sus ojos son la noche; sus cabellos las sombras de la muerte. ¡Pero yo no hablo de Mila!

—Pues ¿de quién hablas?

—Escucha: ¿Recuerdas cuando, hace medio año, era yo tan feliz porque Mila se había sentido madre?

—Sí Recuerdo. Era el primer fruto de tu amor, después de tres años de matrimonio...

—¡Era el colmo de todos mis deseos! ¡Con qué afán esperé el día en que mi esposa me diese un vástago que perpetuase mi familia! ¡Al fin iba a tener un heredero, un sucesor, uno de esos príncipes de mi raza, cuyos negros cabellos demuestran que no se ha mezclado con nuestra sangre la vil sangre de los blancos del norte! Pues bien: Mila dio a luz una niña blanca, rosada, rubia como una inglesa, como una hija de nuestros opresores, de nuestros verdugos. ¡Incomprensible misterio, Nini! Si mis cabellos y los de Mila son negros como el dolor, ¿por qué no lo eran también los de nuestra hija? ¡Ah! Nini... Nini... ¿Por qué era rubia la hija de Nana?

Un largo silencio siguió a estas palabras del príncipe sin ropa, del esposo de Mila, del padre de la rubia.

Luego continuó:

—Conociendo que me volvía loco a fuerza de pensar en cuál podía ser la causa de este inaudito fenómeno, he venido a buscarte, a fin de que tú, que eres hombre de gran inteligencia, ilumines las tinieblas de mi razón.

Nini reflexionó durante tres horas, y luego interrogó a Nana:

—¿Se lo has preguntado a tu esposa?

—Fue lo primero que hice; pero ella, tan maravillada como yo, no ve la salida de este laberinto. Es más: a mi casa va todos los días un capitán inglés, hombre de mucho talento, el cual nos quiere con locura y se interesa muchísimo por la felicidad de mi familia. Pues bien: ¡tres días ha estado pensando en este misterio, y no le ha encontrado ninguna explicación! Conque a ver, Nini, si tú eres más feliz, y me haces comprender cómo puede ser rubia la hija de un matrimonio de cabello negro.

—Necesito discurrir un rato, Nana... —dijo Nini—. Déjame solo.

Nana se retiró, y Nini se dijo entonces a sí mismo:

—La cuestión es averiguar por qué era rubia. Pues, señor, reflexionemos: ¿Por qué era rubia?

Y, metiéndose en la boca el índice de la mano derecha, levantó la cabeza, elevó los ojos al cielo y se quedó sumido en una especie de éxtasis.

En esta postura seguía a la salida del último correo.

1859

TIC... TAC... NOVELA BREVE, PERO COMPENDIOSA

I

Arturo de Miracielos (un joven muy hermoso, pero que a juzgar por su conducta, no tenía casa ni hogar) consiguió cierta noche, a fuerza de ruegos, quedarse a dormir en las habitaciones de una amiga suya, no menos hermosa que él, llamada Matilde Entrambasaguas, que hacía estas y otras caridades a espaldas de su marido, demostrando con ello que el pobre señor tenía algo de fiera...

Mas he aquí que dicha noche, a eso de la una, oyéronse fuertes golpes en la única puerta que daba acceso al departamento de Matilde, acompañados de un vocejón espantoso, que gritaba:

—¡Abra usted, señora!

—¡Mi marido!... —balbuceó la pobre mujer.

—¡Don José! —tartamudeó Arturo—. ¿Pues no me dijiste que nunca venía por aquí?

—¡Ay! No es lo peor que venga... —añadió la hospitalaria beldad—, sino que es tan mal pensado, que no habrá manera de hacerle creer que estás aquí inocentemente.

—¡Pues mira, hija, sálvame! —replicó Arturo—. Lo primero es lo primero.

—¡Abre, cordera! —prosiguió gritando don José, a quien el portero había notificado que la señora daba aquella noche posada a un peregrino.

(El apellido de don José no consta en los autos: solo se sabe que no era hermoso.)

—¡Métete ahí! —le dijo Matilde a Arturo, señalándole uno de aquellos antiguos relojes de pared, de larguísima péndola, que parecían ataúdes puestos de pie derecho.

—¡Abre, paloma! —bramaba entretanto el marido, procurando derribar la puerta.

—¡Jesús, hombre!... —gritó la mujer—: ¡qué prisa traes! Déjame siquiera coger la bata...

A todo esto Arturo se había metido en la caja del reloj, como Dios le dio a entender, o sea, reduciéndose a la mitad de su volumen ordinario.

Ya podéis adivinar que aquel cuerpo extraño, conque no contó el relojero al construir su obra, impidió la función de las pesas y la oscilación de la péndola, parando, por consiguiente, la máquina.

—¡No pares el reloj, desgraciado! —exclamó Matilde—. ¡Si lo paras, me pierdes y te pierdes! Mi marido no puede conciliar el sueño más que al arrullo de ese reloj o de otro igual que tiene en su alcoba, y al advertir que el mío se halla parado tratará de darle cuerda... ¡y se encontrará contigo!

Así diciendo, echó la llave a la caja de la péndola.

II

En el ínterin, don José había conseguido por su parte forzar la cerradura de la puerta del gabinete, y penetraba en la alcoba echando fuego por los ojos...

—¿Dónde está? —berreó de una manera indescriptible.

—¿Qué buscas, Pepe? —interrogó la mujer con asombrosa calma—. ¿Se te ha perdido algo?

—¡Se me ha perdido el honor! —repuso el marido, mirando debajo de la cama.

—¡Desventurado! ¡Y lo buscas ahí!

En aquel tiempo no había en Sevilla mesitas de noche.

Porque la escena era en Sevilla.

—¿Dónde está? —seguía preguntando don José—. ¿Dónde está tu infame cómplice?

En cuanto al reloj..., el reloj andaba perfectamente, como si nadie hubiera dentro de la caja. Quiero decir que la péndola sonaba cual si oscilase libremente en el vacío...

—Tic... tac..., tic... tac..., tic... tac..., oíase allí dentro.

No se le ocurrió, pues, a don José, ni por asomos, registrar el interior del reloj.

Y como en ningún otro paraje encontrara a persona alguna, nuestro hombre cayó de rodillas delante de su esposa, cuya indignación, elocuencia y cólera iban tomando vuelo, y le dijo:

—¡Perdona, Matilde mía! He sido engañado por ese miserable portero, que sin duda estaba borracho. Mañana lo despediré. Por lo que a ti hace, cree que mi amor, mi renovado amor, te demostrará cuán arrepentido estoy de haber dudado de tu inocencia.

Matilde hizo inauditos esfuerzos porque no hubiera paz; quejose de lo ocurrido, protestó; lloró; insultó a don José, etc., etc.; pero éste le respondía a todo:

—Tienes razón..., tienes razón... ¡Soy una fiera!

Y, entretanto, volvía a cerrar la puerta que forzó, guardábase la llave, y tomaba posesión de su propio y legítimo puesto en el lecho conyugal, exclamando como un bendito:

—¡Vaya, mujer, acuéstate y no seas tonta!...

III

A la madrugada, despertose don José bruscamente, y dijo en voz baja:
—¿Duermes, Matilde?
—No; que estoy despierta.

—Dime, ¿es ilusión mía, o se ha parado el reloj?

Tic... tac..., tic... tac..., tic... tac... (resonó al mismo tiempo dentro de la caja).

—Es ilusión tuya... —respondió la mujer—. ¿No estás oyendo?

—¡Es verdad! —repuso don José—; pero lo que no es ilusión es que te adoro más que nunca..., y que no me canso de repetírtelo esta noche...

IV

Un año después había en la casa de dementes de Toledo un joven, muy hermoso, cuya locura estaba reducida a figurarse que era un reloj de pared, y a estar siempre imitando el ruido de la péndola, por medio de un chasquido en el cielo de la boca, hasta producir este sonido:

Tic... tac..., tic... tac..., tic... tac...

Y dicen que era admirable la perfección con que lo hacía.

De donde se deduce, como moraleja, que algunas veces los célibes hermosos hacen el papel de maridos feos.

Libros a la carta

A la carta es un servicio especializado para

empresas,

librerías,

bibliotecas,

editoriales

y centros de enseñanza;

y permite confeccionar libros que, por su formato y concepción, sirven a los propósitos más específicos de estas instituciones.

Las empresas nos encargan ediciones personalizadas para marketing editorial o para regalos institucionales. Y los interesados solicitan, a título personal, ediciones antiguas, o no disponibles en el mercado; y las acompañan con notas y comentarios críticos.

Las ediciones tienen como apoyo un libro de estilo con todo tipo de referencias sobre los criterios de tratamiento tipográfico aplicados a nuestros libros que puede ser consultado en Linkgua-ediciones.com.

Linkgua edita por encargo diferentes versiones de una misma obra con distintos tratamientos ortotipográficos (actualizaciones de carácter divulgativo de un clásico, o versiones estrictamente fieles a la edición original de referencia).

Este servicio de ediciones a la carta le permitirá, si usted se dedica a la enseñanza, tener una forma de hacer pública su interpretación de un texto y, sobre una versión digitalizada «base», usted podrá introducir interpretaciones del texto fuente. Es un tópico que los profesores denuncien en clase los desmanes de una edición, o vayan comentando errores de interpretación de un texto y esta es una solución útil a esa necesidad del mundo académico.

Asimismo publicamos de manera sistemática, en un mismo catálogo, tesis doctorales y actas de congresos académicos, que son distribuidas a través de nuestra Web.

El servicio de «Libros a la carta» funciona de dos formas.

1. Tenemos un fondo de libros digitalizados que usted puede personalizar en tiradas de al menos cinco ejemplares. Estas personalizaciones pueden ser de todo tipo: añadir notas de clase para uso de un grupo de

estudiantes, introducir logos corporativos para uso con fines de marketing empresarial, etc. etc.

2. Buscamos libros descatalogados de otras editoriales y los reeditamos en tiradas cortas a petición de un cliente.

www.ingramcontent.com/pod-product-compliance
Lightning Source LLC
Chambersburg PA
CBHW022158240626
47153CB00007B/2722